Karl August von Heigel

Im Isartal

Karl August von Heigel: Im Isartal

Erstdruck: Leipzig, M. Hesse, 1902

Neuausgabe
Herausgegeben von Karl-Maria Guth
Berlin 2017

Umschlaggestaltung von Thomas Schultz-Overhage unter Verwendung des Bildes: Albert Bierstadt, Sturm in den Alpen, 1856

Gesetzt aus der Minion Pro, 11 pt

Verlag: Henricus - Edition Deutsche Klassik GmbH
Mörchinger Str. 33, 14169 Berlin, info@henricus-verlag.de
Druck: Libri Plureos GmbH, Friedensallee 273, 22763 Hamburg

ISBN 978-3-7437-0338-4

Bibliografische Information der Deutschen Nationalbibliothek

Die Deutsche Nationalbibliothek verzeichnet diese Publikation in der Deutschen Nationalbibliografie; detaillierte bibliografische Daten sind im Internet über www.dnb.de abrufbar.

Die Christnacht des Jahres 1714 war angebrochen. Ein sternloser Himmel lag über München; die Ringmauern hielten den scharfen Wind nicht ab, der vom Gebirg her blies, nicht die Nebelschwaden, die erst über der Isar hingen, dann über das verschneite Gelände krochen. Die Bürger waren längst in ihrem Daheim, doch auch in der warmen Stube war kein Behagen, und die Weihnachtsfreude stellte sich nirgends ein, denn eine unglückliche Vergangenheit und eine Zukunft ohne Hoffnung lastete auf den Herzen.

Nur auf dem Marienplatz war es laut und lebendig. Im Rathause waren alle Fenster erleuchtet und ein heller Schein fiel auf die nachbarlichen Giebelhäuser, auf zierliche Erker und grobe Wandmalereien. Auf der Freitreppe zum großen Festsaal flackerten Holzbrände in eisernen Pfannen, und kaiserliche Soldaten bildeten eine Ehrengasse für die Geladenen und einen Zaun gegen die ungebetenen Gaffer. Die meisten Gäste kamen hoch zu Roß an. Wenn sie die Stufen hinanschritten, während ihr Reitknecht über den dampfenden Gaul die Decke warf, blinkten ihre Kürasse blutrot und Sporen und Säbel klirrten. Was in Sänften kam, war unkriegerisches Volk, Ratsherren und andere Würdenträger Münchens. Denen war in ihren pelzverbrämten Schauben trotz dem Willkomm von Trompeten und Pauken gar nicht wohl. Denn im eigenen Hause waren sie heute die Gäste: die kaiserliche Besatzung gab das Bankett, um Weihnachten zu feiern und ihr Waffenglück im Bayerland.

Die dröhnende Bennoglocke der Frauenkirche gab das Zeichen zum Beginne der Weihnacht, die Glocken der übrigen Kirchen stimmten ein, und den weithingetragenen Akkorden tönte Antwort von den Türmen der nachbarlichen Dörfer, so daß im Umkreise zweier Stunden ein Feiersang hoher und tiefer Glockenklänge durch die Luft wallte. Weiterhin, den Fluß aufwärts, verlor er sich in Einsamkeit und Waldnacht. Denn dort hat die Landschaft die Wildheit einer Gebirgsnatur. Das Tal verengt sich und die Isarufer erheben sich als schroffe Wände, an denen das reißende Gewässer unablässig wühlt und nagt. Links der Isar zieht sich ein Strich fruchtbaren Bodens zwischen dem Fluß und mehr oder minder steilen Hügeln hin, Ackerland und Wald; doch wird durch diese spärliche Kultur der Ernst der Umgebung und der Eindruck der Einsamkeit nicht abgeschwächt. Dort, unweit einer Felskrümme, mitten im Nadelholz versteckt, lag ein Gehöft, wie ein Herrensitz von einer Mauer umhegt. Doch das Wohngebäude zwischen Stall und Scheune war das landesübliche Bauernhaus mit niedrigen Fenstern und hölzernem Wandelgang. In einer Dachstube brannte auf der Truhe, die als Tisch und Stuhl und Schrank diente, ein Öllämpchen in einer Laterne. Auf dem dürftigen Bett lag ein blasser Mann mit verbundenem Kopf, ein Sterbender. Die Bäuerin, eine Witfrau, aber noch stattlich, mit schwarzem Haar und dichten Brauen, saß auf der Truhe, die Hände im Schoß und blickte scheu auf den Todeskampf. Ihr Sohn, ein kräftiger, hübscher Bursch, stand am Bettende, auch seine Miene drückte mehr Schrecken als Mitleid aus. Die Hände des Röchelnden umklammerten den Arm einer schlanken Maid. Während ihr die Tränen über die Backen liefen, stützte sie ihn mit dem freien Arm, denn er hatte sich aufgerichtet und schien zu lauschen. Vielleicht den fernen Glocken. Ihm läuteten sie zum letztenmal. Er seufzte – streckte sich – fiel zurück. Das Mädchen ergriff seine Hand, doch ihre Kälte durchschauerte sie. »Frau«, rief sie ängstlich, »ich glaub' –«

Die Bäuerin nickte finster. »Glaub's nur! Grad so war's bei meinem seligen Mann. Der Franz hat den letzten Seufzer 'tan. Gott geb' ihm den ewigen Frieden! Er ist nit ohne Beicht' und Kommunion gestorben; wir haben nix versäumt. Drück ihm die Augen zu!«

Das Mädchen erfüllte die letzte Liebespflicht, doch dann sank ihr der Mut. Sie schüttelte sich. »Mich friert – mir ist nicht gut«, sagte sie schüchtern.

»Geh, Mutter, laß uns drunten für die arme Seel' beten!« sagte der Sohn.

Die Bäuerin trat mit fester Haltung an das Sterbelager, tauchte die Finger ins Weihbecken und besprützte das Gesicht des Toten.

»Gott geb' ihm die ewige Ruh'!«

In der Küche unten, die winters als Wohnstube diente, knieten die drei nieder und beteten für den Verstorbenen. Dann warf Max Scheiter und trockenes Reisig auf den Herd.

»Willst du dem Raubgesindel hereinleuchten oder einer kaiserlichen Patrull, daß sie sich bei uns wärmen? Wär' mir eins so lieb wie das andere.«

»Ich spür' jetzt die Kälten. Horch, wie der Wind den Schnee ans Fenster waht! Da lauft niemand im Wald und Feld herum. Das Licht geht aus und wir haben kein Öl mehr. Aber ich bleib' heut' nit im Dunkeln.«

»Fürchtest dich ebba, daß dir der Franz als Geist erscheint? Die Toten geben Ruh'.«

Doch ließ sie geschehen, daß Max Feuer machte. Hier unten war es eisig. Eine feste Tür, mit Balken und Riegeln verwahrt, ging auf den Hof; die Fensterchen hüben und drüben waren vergittert, aber hatten keine Läden.

Während das junge Paar am prasselnden Feuer sich wärmte, schritt die Bäuerin – Frau Apollonia Seebacher – auf und ab. Dann trat sie an ein Fenster. An die gefrorenen Scheiben tappte der wirbelnde Schnee. »Ja, ja«, sagte die Frau. »Das Wetter ist grauslich und der Sepp, der arme Häuter, liegt im Hof auf der Lauer.«

»Glaubst? Ich sag', er liegt längst im warmen Stall. Er ist zwar ein Narr, aber frieren tut ihn auch. Und was soll er draußen? Er hält uns doch die Panduren nicht vom Leib. Aber die kommen heut' nit. In der Christnacht gehen die Erschlagenen von Anno fünfe um.«

»Christnacht!« sagte die Bäuerin erschrocken. »Gott verzeih' mir die Sünd'! Vor lauter Sorgen hab' ich das vergessen. Geh, Burgi, und hol den Sepp! Wir wollen die Metten beten.«

Das Mädchen, Walpurg Seebacher, zwar eine Verwandte, aber von der Bäuerin wie eine Magd gehalten, nahm willig ein Tuch über den Kopf und schritt nach der Tür. Max hatte sie entriegelt und geöffnet. Der Wind pfiff und wehte Schneeflocken in die Stube.

»Da draußen ist's nicht geheuer; ich geh' mit dir!« sagte Max mit einem Seitenblick auf die Mutter.

»Wird wohl den Weg über den Hof allein finden und der Wind sie nicht verblasen!« rief barsch die Bäuerin. Der Sohn zuckte die Achsel und brummte vor sich hin, während Walpurg hinaushuschte. Er kehrte wieder zum Herd zurück und stieß mit dem Schürhaken ins Feuer, daß die Funken stoben.

»Ich dulde das Techtelmechtel mit der Basl nit«, fing Apollonia an. »Sie ist eine Stadtjungfer, hat nix und taugt nit für ein rechtschaffen Bauernkind!«

»Siehst wieder schwarz, Mutter«, entgegnete Max. »Ich hab' nichts mit ihr und denk' nicht dran!« Dabei schlug er aufs neue ins Feuer.

»Denk jetzt, woher wir einen neuen Knecht nehmen! Die Hände vollauf zu tun, nur ums tägliche Brot; Steuern und andere Erpresserei alle Spann' lang; und bricht ein Gesindel bei uns ein, dann ist Matthäi am letzten! Daß der Franz den Panduren hat an den Leib wollen, war brav von ihm; aber daß sie beim Raufen just ihn erschlagen haben, war ein Unglück!«

»Ja freilich ein Unglück! Wann ein Pandur erfahrt, daß der Mann unser Knecht Franz und noch nicht tot war, und daß wir ihn verpflegt haben bis zu seinem seligen End', dann zünden sie uns den Hof überm Kopf an und schinden uns bei lebendigem Leib! Und seinen Tod anzeigen und den Toten begraben müssen wir doch!?«

»Die Sorgen nimmt uns der Herr Pfarrer ab. Hochwürden hat mir heilig versprochen, daß der Franz begraben wird, wie sich's für einen Dienstboten vom Seebacher Hof gehört. Aber niemand soll erfahren, wie's kommen ist. Hochwürden ist ein braver Mann. Aber wo finden wir gleich wieder einen Franz! Wer gesunde Arme hat, muß den kaiserlichen Schießprügel tragen. Ein Wunder, daß sie G'setz und Recht so weit respektieren und einer armen Witfrau den einzigen Sohn lassen. Wir brauchen Geld. Und in der Jachenau liegt uns so viel Holz. Dich kann ich daheim nit entbehren und der Sepp, der gute Taps, ist für nix, und die Burgi – laß mich mit den Stadtmadeln aus!«

Max biß sich auf die Lippe.

»Red mir überhaupt nix von den Münchenern! Was haben sie denn zeither getan?«

Sie blieb vor dem Sohn stehen und der volle Feuerschein fiel auf ihr Gesicht. Die Brauen zogen sich zusammen und die Augen funkelten. »Was haben sie denn getan? Nicht gemuckst haben sie! Als die Bauern und mein Mann selig vor dem roten Turm standen, Anno fünfe, sich elendiglich verraten sahen und niedergeschossen oder erstochen wurden, was haben denn die Münchener getan? Dreing'schaut und g'heult haben sie, statt sich lieber an den Kaiserlichen die Arm' abzuschlagen und die Zähn' auszubeißen, wenn sie keine andern Waffen zum Raufen hatten!«

»Ihr seid ungerecht, Mutter!« versetzte Max.

»Ungerecht hin, ungerecht her!« rief sie heftig. »Ich weiß nur, daß mein Mann und die tausend braven Leut' elendiglich darüber umkommen sind und daß unser Kurfürst noch immer in der Acht ist.« Tränen schossen ihr über die Wangen, zornige Tränen.

Unterdessen watete Walpurg tapfer durch den verschneiten Hof. Jenseits der Mauer ragte der Wald, von Schnee erdrückt. Der Wind schüttelte die Äste, doch immer aufs neue fielen stille Schneeflocken ...

»Sepp«, rief das Mädchen, »Sepp!«

Wenige Schritte von ihr erhob sich eine Gestalt, schüttelte sich wie ein Tier und winkte mit der Hand. »Pst!« Walpurg trat näher. »Was gibt's?« fragte sie leise.

Der Knecht, ein gebücktes Männchen, faßte Walpurg am Arm. »Hörst denn nit? Drüben in Sendling – das Schießen und Trommeln und Schreien! Christnacht. Da jährt sich's wieder und stehn die Toten alle aus den Gräbern auf, bayrische und kaiserliche, und fangen wieder an. Horch! Der tote Leibl Karl trummelt wie verzweifelt! Aber *ein* Trummler fehlt, der bucklige Sepp. Scham di, Sepp, hast deine Kameraden und dein' Herrn überlebt! – Piff, paff! Die verfluchten Krowaten und Panduren haben Flinten. Aber wir wehren uns tapfer, und unser Bauer, der starke Seebacher Lorenz, ist der best'!«

»Du bist ein Sonntagskind, Sepp, hörst und siehst mehr als andere Leut'. Aber dabei kannst erfrieren.«

»Mi friert net, Hab' Stiefeln und ein' Janker von unserm Bauern an. In die ganget noch ein Seppel nei.«

»Du sollst ins Haus kommen, will die Frau. Der Franz ist g'storben.«

»San bessere Leut' g'storben als der Franz.«

»Ist das eine christliche Red'? Die Bäuerin will, daß wir das heilige Evangeli hören.«

»I komm ja schon! Aber schad' is doch, denn vorm Hahnenkrähen ist die Schlacht net aus.« – –

Die Bäuerin holte von einem Schrank ein vergilbtes Evangelienbuch und reichte es dem Mädchen. Ihr selbst galt Lesen als eine unnütze Beschäftigung, und daß Walpurg in München die Klosterschule besucht hatte, war in ihren Augen kein Vorzug.

Walpurg begann das Kapitel von der Geburt Christi zu lesen. Ihre Stimme klang rein und angenehm, der langsame, eintönige Vortrag paßte zu der rührenden Einfachheit der heiligen Geschichte. Da – bei einer augenblicklichen Windstille – schlug ein menschliches Gewimmer deutlich an aller Ohr. Der erschreckten Leserin entfiel das Buch; die Bäuerin und ihr Sohn starrten lautlos sich an, nur Sepp blieb bei der Sache. Wie er draußen von einem Schlachtgetümmel geträumt hatte, hörte er jetzt den Gesang der Engel bei der Krippe.

Wieder und lauter hub das Wimmern an. »Alle guten Geister loben Gott den Herrn!« rief Max und bekreuzte sich.

»Sei kein Narr!« sagte Apollonia nach einem tiefen Atemzug. »So jammert ein ang'schossner Mensch. Mag er draußen liegen bleiben bis zum jüngsten Tag! Ich hab' mit dem Franz Elends genug gehabt!«

»Um Himmels willen, redet nicht so hart, Frau Loni!« fiel Walpurga ein. »Bedenkt, es kann ein Getreuer sein, der für unsern Kurfürsten leiden muß. Denkt an Euern seligen Mann und an den heiligen Christ, der heut' geboren worden, und tut Barmherzigkeit!«

Die Bäuerin sah hart und verschlossen vor sich hin.

Der Sohn, dessen Furcht vor Gespenstern beschwichtigt war, stand zu Walpurg. »Und wenn der arme Kerl bis morgen erfriert und es finden ihn die Kaiserlichen vor unserem Hof, sind wir gebunden und geliefert.«

Die Bäuerin gab widerstrebend nach. »Aber sei vorsichtig, schau erst vom Lug aus über die Mauer! Ein Teufel heult uns was vor und elf andere Teufel hinter ihm lachen sich dabei den Buckel voll!«

»Komm, Sepp!« sagte ihr Sohn entschlossen.

»Ist das ein Leben!« jammerte die Frau. »Hundertmal am Tag vermaledei' ich's.«

»Aber Bäuerin, am heiligen Abend –«

»Recht hast, eine Sünd' ist's, aber für meine Sünden sollen sie in der untersten Hölle braten, die an allem dem Elend schuld sind!«

Nach wenigen Minuten kehrten Max und Sepp zurück. Sie führten einen dritten, der sich mit den Armen auf ihre Schultern stützte. Im erleuchteten, erwärmten Raum kam er merkwürdig schnell zu Kräften, stieß mit einem Ruck seine Helfer von sich, warf Pelzmütze und Lodenrock ab und reckte sich, ein baumlanger, breitschultriger Gesell, mit krausem Haar und vollem Bart. Seine Tracht war mehr weidmännisch als bäurisch, auf alle Fälle vom Wetter und Wandern böse mitgenommen. Den Hals trug er frei, als ob es Sommer wäre, und den Kopf hoch wie ein Herr. Ob Knecht oder Herr, Bauer oder Jäger, er war ein schöner Mann.

»Da wär' ich«, sprach er und lachte die Bäuerin an.

Mutter und Sohn machten große Augen und riefen in einem Atem: »Der Raufpeter!«

Doch jetzt zog der Knecht Sepp die Augen aller auf sich. Als sei ein Gespenst vor ihm aufgetaucht, war er bei der Verwandlung des verirrten, halbtoten Wanderers in einen kerngesunden Kraftmenschen blaß geworden. Dann plötzlich tat er einen Freudensprung, stampfte den Boden, klatschte auf die Knie und schrie und lachte: »Der Seebacher Lorenz, unser Bauer ist wieder da!« Und zuletzt hing er dem Fremden am Hals und schluchzte vor Freude.

Allein der Starke schüttelte ihn ungnädig ab. »Laß mich aus, du Narr! Am End' wär' ich gar ein Gespenst! Na, na, ich bin, der ich bin, kein Hausherr, kein Bauer, aber ein lustiger Bua, ein Bua voller Schneid. Der Raufpeter, habt's g'sagt? Ja, der bin i und möcht' kein andrer sein.«

Der Mann war der Bäuerin nicht unbekannt. Peter Schwaiger war von dunkler Herkunft, ein unehlich Kind, nach dem Gerücht einer reichen Bauerntochter Kind, ein tüchtiger Knecht, aber als Raufbold weit und breit gefürchtet. Auf Jahrmärkten, bei einer Kirchweih oder einem Begräbnis hatte ihn Apollonia oft gesehen, nie beachtet. Erst die Narretei Sepps machte sie auf die Ähnlichkeit des Wildlings mit ihrem Seligen, ihrem kreuzbraven Mann, aufmerksam. Sie war nicht zu bestreiten, aber ihr nicht erfreulich.

»Wir leben nicht im Fasching«, sagte sie barsch, »und der Seebacher Hof ist kein Wirtshaus. Da gibt's nix zum saufen, noch raufen – noch grapsen.«

»Oho! Daß ich ein Dieb bin, hör' ich zum erstenmal. Wenn mir's ein Mannsbild sagt« – er blickte herausfordernd auf Max – »schlag' ich ihn tot. Die Bäuerin – ich weiß ja doch, du traust mir dös nit zu!«

»›Klopfet an, so wird euch aufgetan!‹ heißt's im Evangeli. Wer sich ins Haus einschleicht, führt nix Guts im Schild.« – »Da hätt' ich lang' klopfen können«, erwiderte er lustig. »Ihr hättet mir aufg'macht? Das glaubst du selbst nit. Ich aber hab' eini müssen und jetzt bringen mich keine vier Rösser mehr fort.« Er trat dicht vor sie hin und sah mit seinen funkelnden Augen in die ihren. »Die Seebacher Bäuerin weist keinem gut bayrischen Mann in der Not die Tür. Die Kaiserlichen sind wie Bluthund' hinter mir her. Kaiserlich österreichischer Rekrut! Der starke Schwaiger, der Raufpeterl wär' freilich ein Fressen für sie. Aber siehst mich, so hast mich.«

»Ich soll dich verstecken, wegen eines wildfremden Menschen soll ich mich und meinen Sohn ins Unglück bringen? Fallt mir im Schlaf nit ein!«

»Verstecken brauchst mich nit. Alle Welt soll mich ein und aus gehn sehn. Ich tret' an Franzels Stell', bin der Knecht vom Seebacher Hof. Punktum!«

»Ja, meinst, da rücken sie dir nit auf den Leib?« Es wurde ihr unter seinen Blicken heiß. Sie trat einen Schritt zurück und schrie: »Und einen Raufbold nehm' ich nicht ins Haus. Unser Franz schafft für zwei und ist ein braver Mensch!«

»Richtig, der Franz! Wo steckt denn der Franz? Ich werd' dir's sagen: In seiner Kammer liegt er, ein verlorener Mann. Oder vielleicht ist er schon tot und im Hof verscharrt. Ich weiß alles. Und jetzt verstehst mich: ich bin Euer Franz!« Die Frauen waren leichenblaß. Der Sohn ballte die Faust, aber der Kampf war zu ungleich, und auf den Sepp konnte er nicht zählen; der hockte auf dem Herd, wieder stumpf und blöd.

Apollonia atmete schwer. »Ich will nicht.«

»Auch gut. Dann sollen sie in München erfahren, wer die kaiserliche Patrull überfallen hat. Und nit nur dein Knecht, der junge Seebacher Bauer, dein Max war damals auch dabei!«

»Das ist eine Lug'!« riefen die Frauen zugleich.

»Lug' hin, Lug' her; sie glauben's halt gern. Und die Folter tut weh. Da sagt auch der Unschuldige gegen sich aus. Dann kommt der Galgen – oder das Rad. Denkt, wie's mit dem armen Mann aus Tölz umgangen sind!«

Nach einer bangen Pause sagte Apollonia dumpf: »So sei's! Du bist von Stund' an mein Knecht ... Aber der Pfarrer? Der Doktor?«

»Wer A sagt, muß auch B sagen. Die müssen um ihrer eigenen Haut willen die Heimlichkeit weiter treiben. Der Franz ist grad so groß wie ich. Sein Krauskopf ist zwar völlig grau, aber aus einem jungen Burschen macht man leichter einen Alten, als umgekehrt. Schlecht fahrst nit: Schafft der Franz für zwei, bin ich für viere gut, nit nur im Wirtshaus, auch in der Wirtschaft. Wann geht's ins Holz? Du siehst's, ich weiß alles. Und wenn das Geld bei Euch jetzt rar ist, ich brenn' nit drauf.«

Er schlug auf seinen Ledergurt, daß es klirrte. »Bin ich schon ein ledig Kind, ein armer Fretter bin ich nit!«

»Ich hab' von meinen Ehhalten noch nix umsonst verlangt«, erwiderte die Bäuerin hochmütig. »Komm, Burgi! – Du, Max, gib dem neuen Knecht seinen Abendtrunk. Er schlaft in der Stallkammer. Und, Max,–« sie wollte ihren Sohn warnen, doch der Blick des Starken schüchterte sie ein, – »guat Nacht!« –

Apollonia löste die schweren Haarzöpfe. Dann sanken ihre Arme herab und der gebräunte Nacken neigte sich.

Die Apollonia, die Tochter von Großbauern, die Herrin vom Seebacher Hof, ist in der Hand eines Raufbolds, eines Knechts! Bisher erkannte sie niemand über sich an, auch nicht ihren Mann, den starken Lorenz. Jetzt hat sie ihren Herrn. Nicht nur, weil Peter ihren Sohn und sie verderben kann – Loni hat sich unter seinem Blick geduckt ... Er muß aus dem Haus.

Endlich war sie eingeschlafen. Da schreckte ein Geläut sie auf. »Burgi! Burgi!« rief sie mit gedämpfter Stimme.

Das Mädchen antwortete sogleich. »Frau?«

»Horch, sie läuten Sturm!«

»Sie läuten in Talkirchen zur Metten.«

»Schlafst denn nit?«

»Ich kann nit, Bäuerin. Ich denk' an mein' Vater und die alte Zeit.«

Walpurgs Vater, der Sohn armer Landleute, aber ein heller Kopf und redlicher Charakter, hatte früh den schlichten Bauernkittel gegen den Soldatenrock vertauschen müssen. Unter Ferdinand Marias friedlicher Regierung brachte er es langsam, langsam zum Korporal. Doch unter dem Thronfolger Max Emanuel wurden die Aussichten für einen Soldaten alsbald besser. Als die Türken vor Wien standen, zitterte allen friedlichen Bürgern das Herz, aber nicht dem ehrgeizigen, feurigen Fürsten. Da galt es eine ritterliche Tat, einen neuen, glorreichen Kreuzzug! Max Emanuel marschierte mit seinen Truppen dem bedrängten Kaiser zu Hilfe.

Unser Gottlieb half tapfer mit beim Entsatz Wiens; räumte bei Mohaz unter den Heiden auf und erstieg dicht hinter seinem Kurfürsten die Schanzen Belgrads. Aber dort verließ ihn sein Glück.

Eines Tages stand er urplötzlich vor seiner Herzliebsten in München, einer blonden, stillen Näherin, mit der er sich vor seinem Abmarsch verlobt hatte, stand vor ihr blaß und niedergeschlagen, mit einer Ehrenmünze auf der Brust, aber einem Arm weniger. Seinen treuen Schatz, der ihm mit einem Freudenschrei an den Hals stürzen wollte, hielt er mit dem geretteten Arm zurück: »Es hat nicht sein wollen, Kreszenz!« sprach er traurig. »Ich hatte alle Hoffnungen zum Hauptmann und höher hinauf, aber ein krummer Säbel machte mich zum Krüppel. Als solcher geb' ich dir dein Treuwort zurück, und was das bißl Silber betrifft, so ich dir aufzuheben gegeben, mach damit, was du willst. Für meine verschändete Person hab' ich genug an dem Gnadengeld, das ich jetzt als invalider Faullenzer verzehren muß!«

Was ihm die blasse Kreszenz darauf erwidert hat?!

Zwei Jahre später saß der ehrliche Gottlieb allabendlich vor seiner Haustür, von Nachbarsleuten und Kindern umringt, die seinen Historien vom Kurfürsten und vom grausamen Türkenkrieg lauschten. Auf den Knien hielt er sein und seiner Kreszenz Kind, die kleine, blonde Walpurg. Das Haus, dessen dritten Stock sie bewohnten, stand am Anger, einem stillen Platz unfern der Stadtmauer. Ein Bach schoß unter der Wölbung eines verwitterten Turmes hervor und trieb die Räder einer Schleifmühle, die noch im Schatten des Turmes stand. Stege führten über die grüne Flut, links und rechts wucherte reichlich Gras, auf dem sich die Kinder der Nachbarschaft tummelten.

In einem Stübchen voll Sonnenschein und Behaglichkeit wuchs Walpurg auf. Tisch und Boden waren rein und weiß wie die Wände. Ein kleiner Garten von Rosen und Resedastöckchen hing vorm Fenster, an dem die kleine, feine Frau Kreszenz saß und nähte, während sich der Vater an einer alten Chronik abmühte.

Wochen, Jahre vergingen wie ein Tag. Mutter Kreszenz wurde trank und starb. Walpurg weinte erst mit dem Vater, bald aber spielte sie wieder lustig wie zuvor mit den Nachbarkindern auf dem grünen Rasen, sogar unter das kleine Soldatenheer ließ sie sich anwerben, das die Buben, beseelt von dem kriegerischen Geist der Zeit, unter sich errichtet hatten. Ihr Vater erzählte ihr allabendlich von der weiten großen Welt, die sich außerhalb Münchens auftut, von Max Emanuel und seinen Siegen über die Türken. Dazwischen fielen feierliche Aufzüge in München und fröhliche Feste, oder Durchmärsche ausländischer Truppen.

Als der Kurfürst 1701 nach langer Abwesenheit von Brüssel in sein Bayerland zurückkehrte und seinen festlichen Einzug in München hielt, stand die kleine Walpurg mit dem Vater auf der Freitreppe des Rathauses. Gottlieb hatte zur Feier des Tages den alten Soldatenrock angelegt und seinen ergrauten Schnurrbart schwarz aufgewichst.

Der Zug kam um die Mittagszeit langsam das Tal herauf. Voran rauschende Musik und Fahnenträger, dann, mit einem Gefolge fremder Gäste, der ritterliche Herr Max Emanuel selbst. Im blauen, mit Silber gestickten Rock ritt er auf weißem Roß durch die Volksmenge dahin, die dichtgedrängt in den Straßen stand. Aus allen Fenstern der geschmückten Häuser wehten Tücher. Walpurg auf dem Arm des Vaters rief aus Leibeskräften: »Hoch Max Emanuel!« und winkte mit den Händchen. Des Fürsten Bild, die schlanke Gestalt mit dem schmalen seinen Gesicht, um das sich lange, schwarze Locken ringelten, prägte sich für alle Zeit in des Mädchens Gedächtnis.

Nun folgte Fest auf Fest in der Hauptstadt, denn Max Emanuel führte seine zweite Gemahlin, die schöne polnische Königstochter Theresia, heim. Die Stadt schien ein glänzender Feiersaal, voll Musik und rauschender Freude, wozu Gäste von nahe und ferne kamen.

Auch bei Gottlieb stellte sich ein Vetter vom Lande ein, der Ingolstädter Magistrats-Aktuarius Meindl, ein rundlicher junger Mann voll Beweglichkeit und Lebenslust. Mit ihm war ein Schulfreund gekommen, Rechtskandidat Plinganser. Der war hoch und schlank, herzensgut wie Meindl, aber ernster.

Während ihres Aufenthaltes in der Hauptstadt kamen sie ab und zu zum alten Gottlieb und hatten ihre Freude an dem raschen, entschlossenen Wesen der neunjährigen Walpurg, welche jetzt bei den benachbarten Klosterschwestern in die Schule ging, allerwegs aber ein fröhliches, liebenswürdiges Kind war, den Vetter und Freund auf Flur und Dachboden umherjagte und beide duzte.

Ihr Übermut wurde freilich durch das Unglück der folgenden Jahre gedämpft, das damit begann, daß der Kurfürst der spanischen Erbfolge wegen rüstete und in den schwäbischen Kreis einfiel, um den Bruch des Schutz- und Trutzbündnisses zu rächen.

Gottlieb trug zwar nun täglich seinen Soldatenrock und stimmte zu Hause die alten Kriegslieder an, aber über München lag eine schwüle, drückende Luft. Die Bürger gingen ernst und still ihren Geschäften nach, die Trinkstuben standen leer, und zuletzt gab es auch keine fröhlichen Kinder mehr.

So war der Spätsommer des Jahres 1704 herangekommen. An einem schwülen Augustabend zog ein wüster Lärm auf dem Anger Walpurg ans Fenster. Allerlei Volk umringte einen bayrischen Dragoner, der sich auf seinem abgetriebenen, stolpernden Gaul mühsam im Sattel hielt. Barhäuptig, hatte er einen blutigen Lappen um die Stirn gebunden. Da war irgendwo heiß gerungen worden, doch der Mann brachte sicherlich keine Siegesbotschaft. Noch stand Walpurg in Schrecken und Zweifel, als ihr Vater mit verstörter Miene in die Stube trat.

»Verloren! Wir haben bei Höchstädt verloren! Der Kurfürst auf der Flucht, vielleicht schon gefangen!«

In der ersten Aufregung wollte Gottlieb »seinem lieben Kurfürsten nach«. Aber Walpurg hing sich schreiend an seinen Hals. Das brachte ihn zur Besinnung. Wohin soll er sich wenden, wie zu seinem Heer gelangen, was kann er ihm nützen?

Er zog Walpurg auf seine Knie, und sie weinten zusammen und beteten für den flüchtigen Fürsten und sein armes Land.

Die Nacht war schrecklich. Haufenweise kamen Fußsoldaten und Reiter in greulichem Durcheinander, kam flüchtendes Landvolk in die Stadt. Alle Fenster waren hell, aber in jedem Hause nur Trauer und Jammer. Denn die Geschlagenen waren die Herolde des siegreichen Heeres, das langsam, aber unaufhaltsam wie ein schweres Gewitter vorrückte. Ein gnadenloser Feind!

Gottlieb erwartete stündlich einen Verwandten, der mit seinem jungen Weib und einem Knaben in der Talkirchener Gegend als reicher Hofbauer hauste. Allein der Seebacher Lorenz und die Seinen kamen nicht.

»Der Lorenz ist stark wie ein Bär und gutmütig wie ein Lampel«, sagte Gottlieb, »aber seine Frau hat den richtigen Bauernstolz. Die sucht auch in der Not keine arme Verwandtschaft auf.«

Das war ein trauriger Winter! Man hörte von Unterhandlungen, aber sie zerschlugen sich und endeten zum Nachteil Bayerns. Die französischen und bayrischen Truppen wurden aufgelöst, dreifache Steuern drückten das Volk.

Einmal kam der Hofbesitzer Seebacher mit Weib und Kind doch in die Stadt und besuchte den Invaliden.

Während die Eltern über die Landesnot jammerten, traten die Kinder auf den Flur, wo Walpurg dem Vetter die Aussicht auf den Anger zeigte. In ihren Augen war der fahlgrüne Bach und gelbgrüne Rasen ein wundervolles Landschaftsbild, doch den Bauernjungen fesselte weit mehr die Mühle. Über die Dächer zogen flüchtige Wolken. Auch darauf wurde der kleine Wilde aufmerksam gemacht.

»Dos ha'm mir dahoam a.«

»Aber schau nur, die einen sind ganz schwarz, die andern grau und dort lauft ein weißes Lamperl ... Was kommt aus den Wolken?«

»Das Christkindel.«

Walpurg war überrascht, dann sagte sie: »Aber nur zu Weihnacht. – Was noch sonst?«

»I weiß net.«

»Der Regen.«

»Ja, aber auch net alle Tag'! – Was ist dös: Es hat ein weißes Kleid – Und steckt in rote Schuh', – Man treibt's auch auf die Weid' – Errat's, sonst bist es du!«

»Ein Gockel.«

»Na, a Gans«, sagte Max und grinste.

Da hatte er eine Backpfeife und aus war es mit der Freundschaft zwischen Dorf und Stadt. Auf der Heimfahrt beklagte sich Max bei der Mutter über den boshaften Stadtfratzen, und Walpurg erklärte ihrem Vater, der Seebacherbub sei ein grober Bauernlackel. Sie fand den Umgang mit Vetter Meindl und Herrn Plinganser unendlich angenehmer.

Im Mai erschienen unerwartet österreichische Truppen unter Führung des Grafen Gronsfeld vor München. Der Übermacht mußte man nach kurzem Verhandeln die Tore öffnen. Walpurg sah die feindlichen Regimenter einziehen. So jung sie war, begriff sie den fürchterlichen Ernst dieses militärischen Schauspiels und kam niedergeschlagen heim. Doch zu ihrer Verwunderung war der Vater bei guter Laune. Er faltete vor ihren Augen einen Brief zusammen und steckte ihn in die Brusttasche, hörte Walpurgs Bericht gelassen an und sagte: »Abwarten!«

Wenige Tage nachher lief das Gerücht von einer Erhebung des Landvolkes durch München, und Gottlieb brachte einen gedruckten Aufruf nach Haufe, der für Kurfürst und Vaterland zu den Waffen rief.

Der Rechtskandidat Plinganser und der Aktuarius Meindl waren als Verfasser unterzeichnet, was Vater und Kind mit Stolz erfüllte.

»Ja, hinter dem Schalk steckt was! Und stille Wasser sind tief!« ...

Damals verwünschte Gottlieb mehr als je den Verlust seines rechten Armes, denn die Aufständischen bedurften gar sehr geschulter und erfahrener Männer.

Die Münchener Bürger waren von Furcht und Hoffnung bewegt. In Nacht und Heimlichkeit wurden Sitzungen gehalten und Waffen verteilt. Die Aufregung wuchs, als der Bauernaufstand anfänglich über Erwarten glückliche Erfolge hatte.

Das Bewußtsein, mit den Trägern einer so hohen und folgenschweren Sache in näherem Verhältnis zu stehen, verlieh der eigenen Persönlichkeit größeren Wert. Walpurg, das heitere Kind, wurde ernst; sie erwartete die Nachrichten von draußen mit der gleichen Ungeduld, verfolgte die kriegerischen Vorgänge mit dem gleichen Eifer wie der Alte. An den langen Winterabenden saßen Vater und Tochter beim Talglicht einander gegenüber, und Walpurg, die Ellbogen aufgestützt, horchte mit gespannter Miene auf Gottliebs abenteuerliche Pläne zur Vertreibung der Österreicher, Pläne, die der Invalide Tag für Tag ausbrütete und abends Walpurg zum besten gab. Die mandelförmigen Augen des Mädchens wurden groß und leuchteten, und tollkühne Wünsche, beim Befreiungswerk mitzutun und den Landesherrn womöglich eigenhändig in seine Residenz zurückzuführen, wurden in ihr wach. Der Geschichtsunterricht der Klosterfrauen war mäßig, Walpurg wußte nichts von der Jungfrau von Orleans. Vielleicht würde sie eine zweite Jeanne d'Arc geworden sein, wenn sie nicht bei aller Kümmernis einen so überaus gesunden Schlaf gehabt und wenn sie ihre Träume im Wald und auf freiem Felde ausgesponnen hätte. Doch da mußte sie mitten in der schönsten Phantasie das Licht putzen, während der Vater eine Prise nahm oder einen Zug aus dem Bierkrug tat.

Und ein Wunder wie das Mädchen von Orleans wäre Bayern so notwendig gewesen. Denn der Feind führte ein grausames Regiment im Lande. Alle Gefängnisse waren überfüllt. Wer wider den Stachel leckte, wer den Gewalthabern gefährlich schien, wurde eingekerkert. Ward einer überführt, mit den Aufständischen in Verbindung zu stehen, wurde er gehängt. In München läutete das Armesünderglöckchen Tag für Tag. Leider gab es Verräter unter den Landsleuten. Die Kaiserlichen wurden über die Bewegungen und Pläne der Patrioten genau unterrichtet, und so erfuhren sie auch, daß Plinganser und die Seinen in der Christnacht den Entsatz Münchens wagen wollten, und ein Aufstand in der Stadt die stürmenden Bauern unterstützen sollte. Der österreichische Statthalter verfügte eine allgemeine Haussuchung, alle Waffen mußten ausgeliefert werden, und viele angesehene Bürger wurden verhaftet. Niemand durfte mehr aus den Toren, kein Brief konnte die Braven warnen, die, ein paar tausend Mann stark, schlecht bewaffnet, aber voll Zuversicht gen München zogen.

Als nun der Weihnachtsabend dunkelte, schienen an allen Ecken und Enden Soldaten aus der Erde zu wachsen. Auch über den Anger marschierte mit unheimlicher Stille ein Regiment nach dem Sendlinger Tor, durch das die Vaterländischen einbrechen wollten. Die ratlosen Münchener aber eilten um Mitternacht in die Frauenkirche, um in der verhängnisvollen Stunde für das unglückliche Land und seine Verteidiger zu beten. Im endlosen Zug der Kirchgänger schritten auch Gottlieb und Walpurg.

Schön leuchteten die farbigen Fenster aus dem dunklen Gemäuer, festlich waren drinnen alle Altäre beleuchtet. Der Dom konnte die Gemeinde nicht fassen, auch auf dem verschneiten Kirchhof stand Kopf an Kopf das Volk. Kurz vor Mitternacht wurden die Straßen und Gassen, die zum Kirchplatz führten, von Soldaten besetzt, mit Geschützen verschanzt.

Es war zwischen den Verbündeten verabredet worden, daß das Weihnachtsgeläut der Bennoglocke dem Landsturm draußen und den Genossen drinnen das Zeichen zum Angriffe gebe. Jeder Münchener wußte das. Als daher der Priester mit zitternder Stimme das Tedeum anhob und die Glocke dröhnend einfiel, kam die Verzweiflung der Gemeinde mit elementarer Gewalt zum Ausbruch. Wie eine Vision Dantes von düsterer Großartigkeit waren diese gewaltigen Gewölbe mit den flackernden Lichtern, glitzernden Altären und bleichen Pfeilern, die sich in Dunkelheit verloren, und dieses tausendköpfige jammernde und schluchzende Volk. Die einen streckten laut betend die Arme zum Kreuz, zur Madonna, zu Heiligen; andere bargen ihr Antlitz in die Hände. Und dazwischen klang zuweilen von oben ein wimmernder Orgelton oder ein Halleluja der Chorsänger, die sich in Musik betäubten.

Ein dumpfer Donner verkündete den Beginn der Katastrophe, den blutigen Empfang der Stürmer. Eine lange Pause, dann wieder Kanonendonner! Da war keiner in der Kirche, der sich nicht den Gang der Dinge am Tor hätte vorstellen können. Geschulte Truppen in Überzahl, Fußsoldaten, Reiterei und schweres Geschütz gegen eine Schar von Bauern und Studenten, die nur mit Sensen und Säbeln, im besten Fall mit unhandlichen Hakenbüchsen bewaffnet sind. Heldenmütig sind die Bayern alle, doch was vermögen sie gegen Kanonen! In die Lücken, welche die Geschosse reißen, werden Reiter- und Infanteriemassen geworfen. Ein Dutzend Palasche, Handschars und Bajonette gegen eine Sense! Die Pferde stampfen auf den verstümmelten Körpern der Gefallenen. Und wenn auch die Braven dem Ansturm widerstehen, schmettern die Rikoschettschüsse der Kanonen und die Granaten der Haubitzen neue Reihen nieder.

Allmählich verhallte das Schlachtengewitter in der Ferne. Es war schrecklich klar: die Freunde sind geschlagen, verfolgt, verloren. Frauen wurden ohnmächtig, Männer weinten wie Kinder, Greise verwünschten ihr langes Leben. Christnacht, Mordnacht!

Jener Kirchgang und die Kunde von der Metzelei bei Sendling, der auch der starke Lorenz, der Seebacher Bauer, zum Opfer fiel, brachen den Lebensmut des Invaliden. Er gab die Hoffnung auf die irdische Gerechtigkeit auf und wünschte sich den Tod. Nur die Zukunft Walpurgs machte ihm Sorge.

Im Mai wanderte der Invalide mit seiner Tochter, die für den Seebacher Lorenz in Trauer ging, nach dem Isarwinkel. Früh traten sie an. Auf dem Sendlinger Kirchhof, wo in der verhängnisvollen Christnacht tausend Getreue Mann für Mann im Kampf mit der Übermacht gefallen waren, blinkten die Kreuze im Morgenlicht. Nur auf dem Massengrab der Braven stand kein Kreuz, keine Gedenktafel. Doch in den Wintertagen hatte ihm nie ein Kreuz, von Immergrün gefehlt, und heute lag ein Büschel Schneeglöckchen auf dem Rasen. Vater und Kind knieten an dem Heldengrabe nieder. Am Heldengrab. Für ihren angestammten Fürsten und das Recht seiner Kinder, für die Unabhängigkeit ihres Heimatlandes haben jene schlichten Landmänner mit der gleichen Tapferkeit und Todesverachtung gekämpft, wie ein Jahrhundert später die Tiroler, aber nicht mit dem gleichen *Erfolg*, und darum ist die Welt vom Ruhme des Andreas Hofer und der Seinen voll, während die

Märtyrer von Sendling nur im Gedächtnis ihrer Stammgenossen weiterleben. Auch in Weltgeschichten wird nicht immer mit gleichem Maß gemessen.

Walpurg vergaß allen Kummer, als sie auf der Höhe ins dampfende, wald- und felderreiche Tal weithin bis zu den bayrischen Alpen sah. Der Tau funkelte auf Laub und Gräsern, die Vögel sangen, die Luft roch nach Baumblüten und Waldmeister. Eine neue Welt tat sich vor Walpurg auf.

»Was ist die Tant' glücklich!« rief sie. »Hier möcht' ich wohnen! München gefällt mir nicht mehr.« Der Vater sah sie wehmütig an.

Hinter Talkirchen führte der Weg bald zwischen Wald, bald zwischen Feldern zum Hof. Bisher hatte das Paar den Blick auf die Isar, die, von Frühlingswassern geschwellt, hoch und reißend ging. Jetzt verbarg ihnen das hohe Ufer den Fluß.

Auf dem Seebacher Hof wurden sie über Erwarten freundlich empfangen. Das herbe Wesen Apollonias war durch die Trauer um den Hausherrn gemildert. Als der Invalide schüchtern mit dem Zweck seines Besuches, mit der Bitte herausrückte, daß Walpurg nach seinem Tode bei Frau Apollonia ein Heim finde, erklärte diese feierlich, daß sie schon von heute an dem Kinde Mutter sein, Walpurg nicht mehr fortlassen wolle. Ein Töchterchen im Alter Walpurgs war ihr gestorben. Da sei eine reiche Ausstattung da. Die Habseligkeiten Walpurgs könne Gottlieb bei seinem nächsten Besuche mitbringen. Der Invalide bat der Bäuerin im Innern seine harten Urteile ab. Sie erschien ihm ein Engel voll Güte.

So uneigennützig indes war die Bereitwilligkeit der Bäuerin nicht. Zur Strafe für die Bayerntreue ihres Mannes hatte man ihren Max unter die kaiserlichen Rekruten stecken wollen. Um ihn davon zu befreien, opferte Apollonia ihr halbes Hab und Gut. Von ihrem vielköpfigen Gesinde behielt sie nur den Oberknecht Franz und den blöden Sepp. Dieser war mit den Aufständischen als Trommler gen München gezogen. Er blieb beim Todeskampf auf dem Sendlinger Kirchhof seinem Brotherrn Seebacher treu zur Seite und warf sich voll Verzweiflung über den Gefallenen. Die Arbeiter, welche unter Aufsicht der Kaiserlichen die Opfer begruben, zogen Sepp halbtot unter einem Leichenhaufen hervor. Er erholte sich, hatte aber seinen ohnehin nicht starken Verstand eingebüßt. Man ließ den armen Narren laufen. Er lief wie ein treuer Hund auf seinen Hof zurück. Apollonia behielt ihn, vielleicht mehr aus abergläubischer Furcht, als aus Mitleid. Schon jetzt im Winter vermißte sie schwer alle weibliche Hilfe. Das gesunde kräftige Mädel, die Walpurg, kam ihr also höchst erwünscht.

Max, der nicht nur gewachsen, sondern durch die Ereignisse auch geistig gereift war, hatte nicht die Ohrfeige, aber seinen Groll vergessen. Er behandelte die Base respektvoll wie ein Fräulein, zeigte ihr das ganze Anwesen, stellte ihr Kühe und Kälber und das letzte Paar Gäule vor und führte sie im Wald zu den Plätzen, wo Drosseln, Rotkehlchen und Grasmücken Jahr für Jahr ihr Nest bauten. Walpurg fand alles herrlich. Sie wollte nur noch auf einem Bauernhof leben und sterben. Beim Abschied vom Vater abends sank ihr freilich der Mut. Am liebsten würde sie mit ihm nach dem Anger zurückgekehrt sein, aber der Alte blieb fest, zwang sich zur Lustigkeit und hatte mit seinem Trost ja auch recht, daß die Flößer, die Walpurg morgens die Isar hinabfahren sehe, schon mittags beim Bögnerwirt in München ihr Bier tränken.

So kam Walpurg auf den Seebacher Hof. An Prüfungen und Kränkungen fehlte es in der Folge nicht, denn Frau Loni ward ihr niemals eine Mutter; sie konnte dem armen Soldatenkind die Verwandtschaft mit der Seebacher Sippe nicht verzeihen. Doch hatte Walpurg ebensowenig zum Kopfhängen, wie zu müßiger Lustbarkeit Zeit. Sie mußte hart arbeiten. Und die Arbeit war gesund. Mit zwanzig Jahren war Walpurg ein schönes, bei aller Schlankheit kräftiges Mädchen, voll natürlicher Anmut in Haltung und Bewegung und immer heiter.

Der junge Max hatte für die Vorzüge seiner Base hellere Augen als die Mutter.

Wochen waren seit der Aufnahme Raufpeters in der Einöde verstrichen. Die Tage gingen unter Arbeit hin, doch in den Nächten schlief nur einer den Schlaf des Gerechten und das war der schlimme Peter. Die Sorge um Hab' und Gut und die Furcht vor dem neuen Hausgenossen bedrückten die Bäuerin; die verworrenen Empfindungen der ersten Liebe raubten ihrem Sohn die Nachtruhe. Peter hatte eine Art, mit Frauenzimmern umzugehen, die dem in strenger Zucht aufgewachsenen Jungen aufs höchste mißfiel. Der Hofherrin bewies nach dessen Meinung der Knecht zu wenig Respekt und der Base Walpurg zu viel Aufmerksamkeit. Und indem Max die Blicke des andern belauerte, gingen ihm selbst die Augen auf, was für ein köstliches Frauenbild aus dem lieben Kinde geworden war. So schön und frisch, so rührig und allezeit bei guter Laune! Zu lustig, dachte Max, wenn seine Base auf die Späße und Stichelreden des Raufbolds munter einging und auf verfängliche Fragen immer eine kluge Antwort hatte. Es war jedoch der Ärger über die eigene Schüchternheit, was Max so scharf und strenge machte.

»Hör mal«, sagte er eines Tages zu Walpurg, die der Bäuerin in der Küche half, »war das gestern wieder ein G'lachter zwischen dir und dem Knecht! Das schickt sich net für dich.«

Und da lachte sie wieder. »Aber Max, der ist ja ein Alter.«

Seitdem Peter auf dem Seebacher Hof war, ließ er alles Haar wild wachsen und stäubte sich den Krausschädel und Vollbart mit Mehl ein, daß er wie ein knorriger, alter Klausner aussah. Aus den Augen freilich blickte der Schalk.

Die Antwort Walpurgs gefiel weder Max, noch seiner Mutter. Der Bäuerin war Peters Graukopf ein tägliches Ärgernis. Im Haushalt einer ehrbaren Bäuerin und Wittib, meinte sie, führt man keine Maschkerad' und Komedi auf.

»Er ist der Knecht, und du bist unsrige Verwandte«, sagte Max.

»Larifari!« fiel die Mutter ein. »Er hat nix, und sie hat nix; da sitzt der Haken.«

»Aber Frau Tant'«, rief Walpurg, »das hab' ich net verdient!« Und sie ging still hinaus, um ihre Tränen zu verbergen.

»Du warst zu hart, Mutter.«

»Sie ist ein leichtfertiger Fratz.«

»Leichtfertig nicht, nur leichtlebig. Sie hat keinen Hof und drum net unsre Sorgen.«

»Was red'st du von unseren Sorgen! Der Hof ist mein, und so sind auch die Sorgen mein!«

Mutter und Sohn ahnten nicht, daß Walpurg bei aller Heiterkeit ein leidenschaftliches Herz besaß. Die Einsicht, daß sie um die Liebe ihrer Wohltäterin vergeblich ringe, machte dem feinfühligen Mädchen die Wohltat zur Pein. Am Tage hatte sie keine Zeit, um trüben Gedanken nachzuhängen. Doch in der Nacht lag auch sie viele lange Stunden wach und grübelte, wie sie sich frei machen könne, ohne die Freude des Vaters über ihre gesicherte Zukunft zu verderben.

Am prasselnden Herdfeuer führte Peter das große Wort. Er hatte sich in der Welt draußen umgetan und mehr gesehen und erlebt, als die sämtlichen Alten und Jungen von Lonis Bekanntschaft. Ein abenteuerlicher Hang trieb ihn als blutjungen Menschen in die Fremde. Von jenen Wanderjahren erzählte Peter nicht immer wahrheitsgetreu, aber lebendig. Wie er den Tiroler Grenzwächtern entwischte und einem Jäger am Achensee sommerlang beim Weidwerk half. Von der Pirsch in einsamen Waldtälern und von der Gamsjagd auf Bergen, von denen er weit, weit bis zum Würmsee sehen konnte. Er erzählte von Innsbruck, vom goldenen Dachel und von der Ambraser Burg. Und wie er winters über den Brenner wanderte durch eine Welt von Schnee und Eis. In Gossensaß fand er in einer Schmiede Arbeit. An einem Wildwasser stand sie; über dem finstern Lärchenwald reckte sich ein großmächtiger Berg, und in Mondnächten sah Peter die grauslichen Eisfelder durch sein Kammerfenster. In der Schmiede war's nicht geheuer, zuweilen um Mitternacht fing unter ihm ein Hämmern und Klirren an, lauter als das Wasserrauschen, und Peter sah die Funken vom Schlot niederstieben. Der Meister meinte, dann seien die Zwerge an der Arbeit, die dort herum noch in Schlüften und Klüften hausen … Weiter unten im Süden, wo dicht wie das Geständ' an der Isar die Reben stehen, wimmelte es von französischen Truppen, und Peter tat bei den Verbündeten seines Kurfürsten Kriegsdienste. Er machte unter Vendome den Sturm auf die Bischofsstadt Trient mit, und im Hof der fürstbischöflichen Burg, die größer und ebenso prächtig wie die Residenz in München ist – just am Johannitag – war es, wo ihn der weltberühmte General auf die Schulter klopfte und *mon brave Bavarois* ansprach. Doch da Prinz Eugen mit großer Übermacht anrückte, rückten die Franzosen aus, und das verdroß den Peter. Er trennte sich von seinem Regiment ohne Abschied und kam bis nach Verona, wo er, *corpo di bacco!* welschen Wein wie Wasser trank und wie ein Welscher gebratene Vögel mit Polenta aß. Aber eines Tages packte ihn das Heimweh, und er wanderte auf derselben Straße zurück, die er gekommen war.

Abend für Abend erzählte der Peter von lustigen und trüben Tagen, von Burgen und Bergen, Gespenstern und Raufhändeln. Wie weiland der klugen Scheherezade ging ihm niemals der Stoff aus.

Den Frauen lief es zuweilen eiskalt über den Rücken … Max hörte mit unfreiwilliger Bewunderung zu, und es ward ihm wind und weh vor Sehnsucht, auch einmal anderes zu erleben, als einen Münchener Markt- und Talkirchener Kirchweihtag.

Sepp lauschte so andächtig wie die anderen, doch bei der Stimme des Erzählers verwirrten sich die Geschichten in seinem armen Schädel, und zuletzt wußte er nicht: hat das der selige Lorenz erlebt oder der Peter?

Nicht immer blieben die Hausgenossen allein, zuweilen polterte eine österreichische Streifwache an das Tor, und ihr mußte geöffnet werden. Davonschleichen durfte sich niemand im Hause, denn der Zugführer hatte eine Liste von dem Personenstande in jedem Gehöft, und es war namentlich für die Frauen rätlicher, in Gesellschaft zu bleiben, als allein. Der waffenklirrende Haufe, kunterbunt wie die Völkerschaft des österreichischen Kaiserstaates, durchstöberte Ställe und Scheunen und das Haus von unten bis oben und nahm dann lärmend am Feuer Platz. Es fehlten die Dolmetscher zwischen Einheimischen und Fremdländischen nie. Bald war es ein Tscheche, bald ein Ungar, der Deutsch verstand, auch steckten in der Pandurenuniform manche, welche das erste Vaterunser sicherlich deutsch gebetet hatten. Man trug Bier und Branntwein, Brot und Käse auf, und die Männer machten die Schenken. Die Frauen drückten sich in die finsterste Ecke und blieben unbeachtet, denn alsbald war der falsche Franz die Hauptperson. Der Raufbold gewann stets im Handumdrehen die Herzen der Wildlinge. Er machte sie lachen und schwatzen und singen. Und wenn er, der Großknecht Franz auf dem Seebacher Hof, von seinen Soldatenjahren sprach, waren die Panduren ein ebenso dankbares Publikum, wie die Hofbewohner bei den Erzählungen Peters aus seiner Wanderzeit. Er log mit einer Kunst, daß den Hausgenossen wirbelig wurde und das Unmögliche glaubhaft schien. Als Johann Sobiesky mit 25.000 Polen und der bayrische Kurfürst dem bedrängten Wien zu Hilfe eilten, in der sechsstündigen Schlacht, die mit der Niederlage Kara Mustafas und dem Untergang von 10.000 Türken endete, war er – der Franz – dabei gewesen. »Im Mai werd' ich sechzig, aber Schneid hab' ich noch alleweil, und stark sind wir auch!« Zum Beweise hob er den klotzigen, schweren Tisch mit einer Hand empor, streckte ihn mit stählernem Arm hinaus und setzte ihn sacht wieder auf den Boden, und es ward kein Glas gerückt, kein Tropfen verschüttet. Mit einem Satz hockte er dann auf einer großen Mehltruhe und sang ein beliebtes Soldatenlied:

»Rumbidi bum!
Bist Soldat;
Morgen draht
Dich a Kugel um und um!
Rumbidi bum!
Heut' noch grad
Sauf, Kamerad!
Heut' noch lustig, morgen krumm!
Rumbidi bum! Rumbidi bum!«

Das Lied begeisterte die Braven. ›Heute lustig, morgen krumm!‹ gröhlte der Chorus, und Peter trommelte mit den Füßen an die leere Truhe: Rumbidi bum, rumbidi bum! Man sprang auf und stieß an. *Slava! Eljen! Vivat!* und wenn Ungarn dabei waren, tanzten sie sicher einen Czardas. Kamerad Navratil oder Pospischil aber klopfte wie weiland Marschall Vendome dem Langen auf die Schulter: »Schade, daß du bist nicht mehr jung und kein Tscheche!«

Wenn die Säbelhelden endlich aufbrachen, versicherte stets der Sprecher der stillen Hausfrau, daß sie sich ausgezeichnet unterhielten, aber leider an den weiten Heimmarsch auf verschneiten Wegen und in grimmiger Kälte denken müßten.

›Rumbidi bum, rumbidi bum!‹ sangen die Abziehenden – dann verloren sich die Stimmen, doch erst wenn im nächsten Gehöft die Hunde, den Feind witternd, anschlugen, atmeten die Bäuerin und die Ihren auf.

»Ihr habt's wieder arg getrieben heut'«, sagte Loni zum Raufbold, doch ihre Stimme war nicht streng und ihr Blick wärmer als sonst.

»Mit den Hanswurschteln muß man Komedi spielen«, antwortete Peter und drückte ihr die Hand mit einem Blick, dem Loni niemals standhielt. Dann zogen sie sich in ihre eiskalten Kammern zurück. Sepp als der letzte löschte das Feuer, schloß die Haustür und kroch auf die Streu im Kuhstall. Und bis zur Hahnkräh lag dann das Gehöft schwarz und still im weißen Feld, und nur der Fuchs schlich um die Mauer.

Daß der Knecht auf dem Seebacher Hof nicht der alte Franz, sondern der Raufpeter war, war für die Einheimischen kein Geheimnis; doch sie verrieten mit keinem Wort, keiner Miene ihre Kenntnis. Wenn es gegen die Kaiserlichen ging, schlossen Katz' und Hund Freundschaft.

Als die Tage länger wurden, erbat sich Sonntags Walpurg von der Bäuerin Urlaub, um ihren Vater in München zu besuchen. Sie war vor der Dämmerzeit immer zurück, doch Loni gab zwar die Erlaubnis, aber dem Sohn sprach sie ihr Mißfallen an diesen Stadtgängen aus. Es war ihr nicht recht, daß das Mädchen so allein ging, und wieder war es ihr nicht recht, als sie eines Sonntags Walpurg mit einem Begleiter traf. Der letzte Sonntag im April war wolkenlos und warm. Loni hatte den Besuch einer Talkirchener Fleischerswitwe, die Katharina Mitterhuber hieß, aber allgemein nur die Ratschkatl genannt wurde. Nachdem der Gugelhupf – ein rarer Bissen in den teuren Zeiten – und der Nußlikör gekostet und gelobt, das Füllhorn interessanter Neuigkeiten geleert war, machten die beiden Frauen einen Spaziergang. Auf schmalen Feldwegen wandelten sie hintereinander, Apollonia in Gedanken über das Gehörte, die Freundin im Nachsinnen, ob sie nicht das eine oder andere Wichtige vergessen habe.

Auf einem Hügelchen stand eine Kapelle mit dem Bilde armer Seelen im Fegefeuer. Als fromme Frauen beteten die beiden droben ein Vaterunser für die armen Seelen, darauf saßen sie in einer Nische in der Rückwand des Kapellchens nieder, wo sie ein Sträßlein im stark gelichteten Gemeindewald unter sich hatten. Noch saßen sie still, als unten ein Mann erschien in städtischer Kleidung, den Degen an der Seite, in der Linken Hut und Lockenperücke, in der Rechten ein Taschentuch. Er war rot vom Gange, blieb stehen und wischte sich den Schweiß vom runden, glattgeschorenen Schädel, dann sah er auf den Weg zurück. »Burgi«, schrie er, »kommst bald?«

»Gleich, gleich.«

Loni klang die zweite Stimme bekannt und sie wurde nicht lange im Zweifel gelassen. Die Erwartete war Walpurg. Sie hatte ihr Kleid geschürzt und hielt in der Hand einen Kranz aus Efeuranken, Maßliebchen und Schlüsselblumen. Schwupp, saß der Kranz auf dem Haupte des Wartenden:

»Ehrt unsre Tapfren, unsre Toten«,

sagte Walpurg den Vers aus einem zeitgenössischen Gedicht auf die Sendlinger Opfer,

»Und gebt den wackren Patrioten
Den wohlverdienten Lorbeerkranz!«

»Erstens bin ich nicht tot, und dann sind das Gans- und Schlüsselbleameln, keine Lorbeeren.«

»Und gebt den wackren Patrioten«,

wiederholte Walpurg mit Nachdruck,

»Den wohlverdienten Lorbeerkranz!«

»Gott sei Dank, du bist noch immer der lustige Fratz von dazumal!«
»Heut' schon, aber sonst öfter traurig als lustig. Die Frau Loni mag mi net.«
»Die Bäuerin? Für so dumm hätt' ich die Witib des braven Lorenz nicht gehalten. Ja, warum mag sie dich denn nicht?«
»Ja, wenn ich das wüßt'! Sie ist halt eine reiche Bäu'rin, und ich bin ein armes Hascherl.«
Er faßte das Mädchen unterm Arm und schritt mit ihr vorwärts, bekränzt wie er war. »O, deshalb laß dir kein graues Haar wachsen. Wenn alles so ausgeht, wie ich hoff' – ich hab' bei unserm Kurfürsten –«
Das Paar kam den Frauen droben aus dem Gehör, dann aus dem Gesicht.
»Ah, ah«, sagte Frau Kati, »die Walpurg mit einem Stadtherrn!«
Loni lachte grimmig. »Manchmal hat auch ein Ganserl einen gescheiten Gedanken. Ich mag sie net. Das hat sie richtig erraten.«
»Man erfahrt halt alle Tag' was Neues. Jesses, wenn das die Talkirchener wüßten! Aber du kannst ruhig sein, Loni, ich sag' keinem Menschen nix!«
»Meinethalben brauchst du kein Schloß vor den Mund zu tun. Ich bin doch net für die Verwandtschaft meines Seligen verantwortli!«
»Ein Stadtherr ist's, das ist g'wiß.«
»Wer denn sonst? Ein Bauer vergafft sich doch in das Deandel net, das nix ins Haus bringt als das G'wand, das sie anhat.«
»Und einen Kranz hat's ihm aufg'setzt und dazu was dekliniert.«

»Solche Spassetteln macht sie immer. Und so eine Kalfakterin hat man im Haus!«

»Wenn das eine andre g'sehn hält, als ich, wüßt's heut' noch ganz Talkirchen.«

»G'schieht ihr schon recht! Eigentlich müßt' ich's ihrem Vater sagen, aber der alte Mann tut mir leid.«

Sie standen auf. In ihrer gehobenen Stimmung beteten die Freundinnen vor dem Abgang zwei Vaterunser für die armen Seelen.

Frau Loni beschloß, Walpurg nicht zur Rede zu stellen, denn sie hatte ein dunkles Gefühl, daß sich das Mädchen unerwünschterweise rechtfertigen könnte. Loni kannte ihre Freundin Ratschkati. Morgen ist das Waldabenteuer in aller Mund und der Ruf Walpurgs in einer Weise zugerichtet, daß sie unmöglich bleiben kann. Walpurg mühte sich ja in der Wirtschaft redlich ab, doch kann sie eine richtige Bauerndirne nicht ersetzen. Und die Art, wie Max seit einiger Zeit seine Base anschaut, die Wärme, womit er sie gegen die Stichelreden der Mutter verteidigt, ist dieser nicht geheuer. Die unbequeme Gastin muß aus dem Hause!

Walpurg war bei Lonis Ankunft schon daheim. Sie richtete einen Gruß vom Vater aus: »Die warme Sonn' tut halt dem Vater gut«, erzählte sie, »seit langer Zeit war heute sein erster gesunder Tag, und außerdem war's ein besonderer Tag. Der Vater hatte Besuch, nun raten S', von wem?«

»Ich bin net neugierig.«

»Aber das wird Sie freuen. Der Sekretarius Meindl, unser Verwandter, der Spezi des Herrn Plinganser, ist in München.«

Loni runzelte die Stirn. »Der Meindl? Daß er mit meinem Seligen verwandt, weiß ich. Aber gesehen hab' ich ihn nie. In München? Ja, ist er denn verruckt? Wann ihn die Panduren erwischen, ist ihm der Galgen so g'wiß, wie dem Esel die Schläg'!«

»Bewahre! Die Kaiserlichen selbst haben seine Verurteilung null und nichtig erklärt. Er kann schon morgen wieder in Landshut amtieren. Ja, denken S', er hat dem Münchener Magistrat eine wichtige, eine gute Nachricht gebracht, und dann hat er den Vater besucht und mich heimbegleitet. Es tut ihm sehr leid, daß die Frau Tant' nicht zu Haus war.«

Die Bäuerin machte ein langes Gesicht. »So, so! Da darf man der Jungfer Walpurg wohl bald gratulieren?«

»Wie meinen S' das? ... O jegerl! Wo denken S' hin? Der Herr Sekretarius ist seit acht Jahren mit der ehrsamen Jungfer Kreszenzia Rössel, Kaminfegermeistertochter in Landshut, verlobt. Am Tag, an dem unser Kurfürst wieder in München einzieht, machen sie Hochzeit.«

»Da können s' noch lang' warten! Aber, Madel, hast du's denn nicht bedacht, am hellichten Tag mit einer ledigen Mannsperson allein! Und am End' gar net auf der Landstraßen! Wenn dich jemand g'sehn'hat!«

»Am hellichten Tag wird mich wohl mehr als einer g'sehen haben, und warum soll man net? Der Herr Sekretarius und ich sind Verwandte, und der Herr Sekretarius und ich sind ehrbare Leut'.«

»Es ist halt net anders: ihr Stadtleut' lernt im Leben net, was sich schickt. Ich kann dir nur eins raten: erzähl unsern Mannsleut' nix von eurem Spaziergang, sonst bist du aufg'schrieben.«

»Aber Frau Loni!«

»Ich sag' dir nur: sag nix! ... Die Männer bleiben heut' wieder lang' aus.«

Mit dem Frühlingsgrün kamen auch Nachrichten von Friedensunterhandlungen zwischen Österreich und Frankreich. Die Jagd auf Rekruten im Bayrischen ließ nach, ja, viele Rekruten wurden auf Urlaub vorläufig wieder heimgeschickt. Den Grund davon sah auch ein Stümper in der Politik ein: man beklagte in der Wiener Hofburg den teuren Krieg und wollte mit den bayrischen Dickköpfen nichts mehr zu tun haben. Auf den Feldern ward es wieder lebendig, zumalen das Frühlingswetter den Bauern günstiger als seit Jahren war. Man hörte bei der Feldarbeit wieder pfeifen und singen – das Fluchen war niemals abgekommen. Am Sonntag ging in Talkirchen wie überall jedermann ins Hochamt, und nach dem Gottesdienst blieb das gesamte Mannsvolk nach altem Brauch auf dem Kirchplatz beisammen, was wider die kaiserliche Polizeiordnung war. Und kein Büttel kam! Es wurde nicht viel gesprochen; man konnte die Schwalben zwitschern hören, die um den Kirchturm flogen. Aber die Männer blieben lange; es war ihnen wieder mal wohl in ihren Schuhen und auf ihrem heimatlichen Grund und Boden.

Der Nachmittag gehörte zunächst wieder der Kirche, aber dann dem Wirtshaus. Und da geschahen Wunder und Zeichen. Vor dem großen Giebelhause wie drinnen war ein Gedränge von Gästen im Sonntagsstaat, und im Saal versuchten, vorläufig freilich nur einige Paare, bei den Tönen einer Schwegelpfeife die langentbehrten ländlichen Tänze. Das Wunderbarste aber war: aus der Küche verbreitete sich ein Duft von gebratenem Fleisch und Schmalznudeln. – Die Gemeindehäuptlinge und die bestangesehenen Grundbesitzer von Talkirchen und Umgebung saßen in einer Eckstube, wo von der Decke die Zunftzeichen der Flößer und Fischer, Schmiede und Fuhrleute hingen. Viele dieser Dorfgrößen waren einmal wohlhabend gewesen, heute hatten sie, dank der kaiserlichen Einquartierung, samt und sonders wenig Geld und viele Sorgen, doch bei aller Not und Notdurft vergaben sie ihrer Würde nichts und deuchten sich was Besseres zu sein, als die Leute in den Stuben nebenan und in der übrigen Welt. Ein Viehhändler aus Miesbach, der Schwager des Wirtes, ein lustiger Gebirgler, sang zur Zither Schnadahüpfeln.

In diesem Gedränge erregte das Erscheinen der Seebacher Bäuerin dennoch Aufsehen. Sie kam mit dem Talkirchener Gemeindevorstand und seiner Familie an. Walpurg schlich als letzte nach. Ratlos, warum ihr die sonst plauderseligen Töchter des Hauses, drei derbe Dorfgrazien, heute Gruß und Anrede verweigerten. Max konnte nicht als Mittler dienen, denn unterwegs ließ ihn die Mutter nicht von der Seite, und vor dem Wirtshaus nahmen ihn Kameraden in Beschlag.

Mit steifem Nacken, aber gnädigem Lächeln saß Apollonia am Ehrentisch. Die nicht immer zarten, aber gutgemeinten Lobreden der Tischnachbarn auf ihr frisches Aussehen taten ihr wohl. Die Witweneinsamkeit hatte ihr also nicht geschadet, sie ist heute noch die Schöne vom Seebacher Hof, und ihre dunklen Augen funkelten vor Freude über die Niederlage der jüngeren Hausgenossin. Denn niemand machte Walpurg Platz, sie begegnete nur feindseligen oder spöttischen Blicken, wie am Pranger stand sie und war sich doch keiner Schuld bewußt. Da kam Max. Sein erster Blick fiel auf die hilflose Base, »Heda, Madeln, ruckt's ein wenig z'sammen«, sagte er zu einem Dutzend blondzöpfiger Bauerntöchter, das sich an einem langen Tisch breit machte, und er schob Walpurg in die Bank und setzte sich neben sie.

»Max!« schlug die scharfe Stimme der Mutter an sein Ohr. Er drehte sich um. »Mit Verlaub, Frau Mutter, ich sitz' hier ganz gut.« Und zu Walpurg tuschelte er lustig: »Jung zu jung, und alt zu alt.«

»Ich möcht' am liebsten wieder heim. Ich weiß net warum, die Leut' sind alle so feindselig gegen mich.«

»Sie sind dir neidisch, weil du frisch und rot wie unsre Deandeln und dabei doch ein feines Stadtfräuln bist. Basel, wenn ich dich anschau', hupft mir das Herz im Leib. Mir wird's hier zu eng, ich denk', wir gehn in den Saal und tanzen eins.«

Die Zither klang und da es mäuschenstill in der Stube wurde, begann der Miesbacher zu singen:

>»Und ob sie Walpi heißt,
>Oder mag's d' Rest sein,
>Kimmt sie aus Münken g'reist,
>Laß di mit ihr net ein:
>D' Stadtleut' san andre Leut',
>Hansel, sei g'scheit!
>
>Tragt's a (auch) a Riegelhaub'n,
>Und wann's im Firta (Schürze) geht,
>Darfst du ihr doch net glaub'n,
>Trau nur die Stadtleut' net!
>D' Stadtleut' san eigne Leut',
>Hansel, sei g'scheit!«

»D' Stadtleut' san eigne Leut' – Hansel, sei g'scheit«, sang jung und alt den Kehrreim, und Walpurg ward es heiß und kalt, denn sie wußte: der Gesang galt ihr. – Aber hopsa! War ihr Vetter auf der Bank und durch das Gelächter schrie er dem Sänger zu: »He, du, sing von deine Miesbacher Ochsen und von die Sennerinnen auf der Alm, aber die Münchener Deandeln und Talkirchener Hanseln laß in Ruh', oder du sollst was erleben!«

»Oho!« klang es dort und da, doch Frau Loni rief lauter als alle: »Aber mir g'fallt dein G'sangel, Gevatter, und ich bitt' um noch eins im selben Ton.«

Und der Miesbacher ließ nicht auf sich warten:

>»Ob's jetzt den Hansel trifft,
>Oder den Maxel gift't –
>Ich bleib' beim alten Satz:
>Nimm aus der Stadt koan Schatz!

Oder, du armer Bua,
Aus is mit deiner Ruah!«

Mit einem Satz war Max an der Bank der Ehrsamen und streckte dem sanglustigen Viehhändler die Fäuste hin. »Komm raus, Miesbacher Hallodri, raus, wenn du Schneid' hast!« Doch der Wirt, ein Kerl breit und stark wie ein Bär, stellte sich dazwischen: »*Heut'* wird net g'rafft (gerauft) bei mir!«

Walpurg war schon auf und davon.

Und nun stand die Ärmste in ihrer Kammer auf dem Seebacher Hof und packte ihre wenigen Habseligkeiten zusammen. Der Max, o der ist so gut, so gut, aber die andern alle sind hart und dumm. Ja, dumm, sonst wüßten sie, daß es in Dorf und Stadt brave und schlechte Mädeln gibt, wie reich und arm. In der Stadt ist nicht alles Gold, was glänzt, und auf dem Land nicht alles Klee, was grün ist, aber der Rechtschaffene muß gelten dort, wie da.

»Mir geschieht unrecht, wehren kann ich mich nicht, ich kann nur gehn.«

Sie gab dem Bündel einen Schlag und stieg mit festem Schritt hinab in die Küche.

Da stand ihr Vetter in einem Sonnenstreifen, der durch die offene Tür fiel.

»Oh, du bist's, Max!« sagte Walpurg beklommen.

»Ja, und gut ist's, daß ich kommen bin. Wo willst denn hin?«

»Wohin anders als zum Vater. Bei Euch ist mein Heim nit mehr; das siehst wohl ein.«

»Aber Burgl!«

»Mach mir das Herz nit schwer! Jetzt bin ich rabbiat, das Weh kommt morgen. An dich werd' ich immer als meinen lieben Bruder denken. Du hast dich tapfer g'wehrt für unser beider Ehr' –« Sie sah Max scheu von der Seite an. »Am End' hast g'rauft für mich!?«

Max hätte die Frage lieber bejaht als verneint, doch blieb er bei der Wahrheit. »Am guten Willen hat's bei mir net g'fehlt, aber zuerst hat mich der Wirt, der starke Teufel, wie ein Schraubstock festg'halten, und dann fing unser Schulmeister an, mir und dem Miesbacher die Leviten zu lesen. Er ist ein armer, alter Mann, doch ein g'scheites Köpfel und auch das Herz hat er am rechten Fleck. ›Pfui Teufel‹, sagt er, ›seid's Bayern alle zwei und wollt einander an den Leib! Ist der Feind nit mehr im Land? Liegen nit so viel Unsrige noch im Turm, nur weil sie 's Recht über die G'walt stellen?‹ Kurzum, von unserm Elend hat er erzählt, ich sag' dir, ein Pfarrer könnt's net schöner. Und wie die Weiber weinen, und uns Männer das Herz druckt, zeigt der Schulmeister auf den Miesbacher. ›Und da weiß der eine‹, sagt er, ›nix Besseres zu singen als elendigen Tratsch – ja Tratsch – denn ich kenn' die Walpurg‹, sagt er, ›die ist brav!‹«

»Vergelt's ihm Gott!«

»›Und der andre‹, sagt der Schulmeister und hat mich damit g'meint, ›der andere kommt über ein Schnadahüpfel aus Rand und Band! Am heutigen Tag, wo wir endli ein Stückerl blauen Himmel für uns Bayern sehn! Verderbt's doch uns und euch die erste Freud' nit! Miesbacher‹, sagt er, ›du bist der Ältere und ang'fangen hast du! Maxel!‹ sagt er, ›reicht euch die Händ', vergeben, vergessen! Und Miesbacher, wenn du übers Jahr nach Talkirchen kommst, richten wir, so Gott will, wieder einen Maibaum mit weißblauen Fahnerln auf!‹ – Und da war's mir, als säh' ich den weiß-blauen Maibaum schon, und dem Miesbacher seine Tatzen hab' ich 'druckt.«

»Und die Frau Mutter?« fragte Walpurg nach einer Pause.

»O, die ist mitten unter der Red' aus der Stuben gangen, sie und der alte Giftdrachen, die Mitterhuberin.«

Die Augen Walpurgs leuchteten auf. »Die Ratschkatl! Jetzt wird mir alles klar. Sie hat mich mit Vetter Meindl g'sehn!« Und Walpurg erzählte den Besuch des Volkshelden in München, ihren gemeinschaftlichen Gang nach Talkirchen und die Warnung der Bäuerin, davon zu reden.

»Ja, so wird's sein«, sagte Max, »die Ratschkatl! Aber in mir hat sich die Mutter 'täuscht. Der Meindl! Allen Respekt! Mit dem darfst du gehn! Der stiehlt einem braven Buben seinen Schatz net fort. Denn mein Schatzerl bist. Und das Packerl trag nur wieder 'nauf, denn hier ist dein Platz, mir zwei lassen im Leben net mehr voneinander.«

Und Walpurg sträubte sich nicht, als er sie an sich zog und das Bündnis mit einem Kuß besiegelte. Dem ersten Kuß folgten mehrere. Jetzt fühlte sich Walpurg daheim auf dem Hof, Max sich als Herr – um einen volkstümlichen Ausdruck zu gebrauchen: der Himmel hing beiden voller Geigen.

Das Liebespaar saß auf der Herdbank, Hand in Hand. »Glaub mir«, sagte Max, »so ist's am besten! Die Mutter hat noch den Kopf voll Sorgen, aber ist erst der Feind aus dem Land, wird's auch im Haus wieder richtig.«

»So hinterrucks – das ist net schön. Und werd' ich der Frau Mutter besser g'fallen, weil's im Landel besser wird?«

»Maria Namensfest werd' ich mein eigener Herr. Dann wollen wir reden! Eh' die Mutter ihr eigen Fleisch und Blut, ihr einziges Kind verstoßt, lieber g'fallst du ihr – das ist g'wiß. Und wir zwei lassen net voneinander; das ist am g'wissesten.«

Sie küßten sich – da steckte der Raufpeter den Kopf durch die Tür und sagte grinsend: »Mit Verlaub! Guten Abend beieinand'!« Er trat ein, während Walpurg – husch, husch – die Treppe hinauf in ihre Kammer floh.

»Ich denk', du bist im Dorf«, sagte Max verdrießlich. »Bist doch sonst der Erste und der Letzte im Wirtshaus.«

»Seit ich auf dem Seebacher Hof bin, werd' ich Tag für Tag frummer; das Raufen g'fallt mir nimmer und von den Madeln will ich schon gar nix mehr wissen. Ich hab' auf der Bank vorm Haus g'sessen und mich über die Hendeln g'freut.«

»Das mach du einem andern weis. Glaubst denn, ich hätt' nix g'merkt? Die letzten drei Wochen bist Nacht für Nacht ausg'ruckt und erst heimkommen, wann die Sonn' schon auf war! Ausg'schlafen hast auf der Bank, so und net anders ist's.«

»Nein, g'schlafen hab' ich net. Ich hab' die Jungfer und bald drauf dich kommen sehen. Aber ihr zwei habt's so eilig g'habt, ins Haus zu kommen. – Wenn ich jetzt net lang g'nua draußen blieben bin, nimm's net übel! – Wer denkt an alls!«

»Hörst, Peter, sag der Mutter nix – du verstehst mich! Dann halt' auch ich die Augen zu, wenn du nächtig wieder aussteigst. Eigentli müßt' ich's der Bäurin sagen, aber mit einem verliebten Mannsbild und einem kranken Viech muß man Nachsicht hab'n.« Peter warf sich in die Brust, »Mit der Lieb' haben meine Heimlichkeiten nix zu tun. Wenn du ein paar Jahr' älter wärst, saget ich: Komm mit!«

»Ein paar Jahrln auf oder ab macht nix aus. Ich steh' meinen Mann! Wenn's nix Schlechtes ist –«

»Nein, schlecht ist's net, aber g'fährlich. Ich *bin ein Patriot*«, fuhr Peter fort und bemühte sich, hochdeutsch zu sprechen. »Wo ich einen antreff', der wie ich für die Kaiserlichen schußfreies Wild ist, komm' ich ihm zu Hilf'. Und ich weiß net einen, sondern ein Dutzend, denen ein Kamerad not tut. Arme Teifel, flüchtig vor den Panduren – leiden Hunger und Durst – sind soweit sicher in ihrem Versteck, aber doch hat's der Dachs besser in seinem Bau als sie.«

»Peter!« rief der Jüngere, »wenn du heut' nacht wieder so einen Gang machst, geh' ich mit. Mich wundert nur, daß der Sepp nix merkt; er ist doch sonst wachsamer als ein Hofhund.«

»Der Sepp kommt mit. Er ist ein halber Narr, aber hast du ihn schon den G'sang von den Sendlinger Bauern hersagen g'hört? Da wird's hell in seinem Schädel – er ist ein Patriot von Anno fünfe! – den muß man trotz seinem Buckel rischpektieren. – Es bleibt dabei, wenn der Mond in die Kammer scheint, machen wir uns auf die Socken.«

»Es bleibt dabei ...« Max blickte auf das Bündel, das die Base hatte liegen lassen. »Gehst mit ins Dorf? Ich muß nach der Mutter schaug'n.«

Peter lachte. »Ich soll vorausgehn, meinst. Mir recht! Vor mir bist sicher, Maxel. Aber erfahren wird's die Bäurin doch. Und dann, schätz' ich, gibt's einen harten Kampf!«

»Kann schon sein«, erwiderte der junge Bauer trocken.

– – Die Tür zu Walpurgs Kammer war verschlossen und wurde auf das Klopfen des Verliebten nicht aufgetan.

»Burgl, Schatzerl, ich bin's, mach auf!«

»Was willst?« – »Ich bring' dein Bünderl. Der Peter ist fort. Er hat nix g'merkt.«

»Wer's glaubt.«

»Wir wollen drüber reden, mach auf!«

Sie trat drinnen dicht vor die Tür. »Maxel, ich hab' dich soviel gern, aber merk dir's für allemal: da oben bin ich für dich niemals z'haus!«

»Ich will dir ja nur deine Sachen geben. Bitt' schön, mach auf!«

»Leg's vor die Tür, und wenn du mich lieb hast, bitt'st nicht mehr. Pfüett dich Gott, Max, mein lieber Max! Wann die Frau Mutter daheim ist, komm ich 'runter.«

»Ein einziges Busserl!«

»Ich red' nix mehr.«

Um neun sagten sich die Leute im Seebacher Hause gute Nacht, doch an Schlaf dachte niemand. Für Walpurg war der Liebesrausch nicht lauter Süßigkeit. Was sie bei Maxens erstem Kuß empfand, was sie den Kuß zu erwidern zwang, erschreckte ihre Mädchenseele. Zu lange hatte sie in Max nur einen lieben Bruder gesehen, um nicht die jähe Wende beunruhigend, sündhaft zu finden. Vorbei ist's mit der Selbsttäuschung, Walpurg liebt ihn! – Sie liebt ihn. Vorbei ist's mit dem Herzensfrieden! Die Bäuerin, die harte Frau, hat jetzt Walpurgs Glück und Unglück in der Hand. »Sei gut«, redete sie in Gedanken ihre Tante an, »laß mir den Max! Ich will ihm ein braves Weib und dir eine gehorsame Tochter sein. Ich hab' ihn so gern, so gern!« Und nun wieder erfüllte leidenschaftliche Zärtlichkeit, das selige Bewußtsein, zu lieben und geliebt zu werden, ihr ganzes Wesen.

Loni überdachte die Ereignisse des Nachmittags. Er verlief nicht so schön, wie er anfing. Man empfängt die Mutter, die Herrin vom Seebacher Hof, mit Trompeten und Pauken – und da begeht der Sohn die Dummheit und will wegen eines Mädels raufen, das von der ganzen Gemeinde geächtet ist. Und wer macht den Friedensstifter? Der Letzte im Dorf, der Schulmeister! Dieser Knirps, der nichts hat und nichts ist, erklärt mit dreister Stirn die Geschichte von der Walpurg und dem Stadtherrn für einen Tratsch. Allerdings traf er damit den Nagel auf den Kopf, aber Loni fühlte sich in diesem Fall mit der Ratschkatl eins. Ist das der Lohn für die vielen leiblichen Guttaten, die sie dem armen Schulmeister erwiesen, solang' ihr Max noch die Bank drückte? Es gibt keine Dankbarkeit auf der Welt! Da ist der Raufpeter, ihr Knecht, dem sie mit eigener Gefahr Unterschlupf gibt. Wo steckte der, als sie sozusagen den ersten Ausgang nach den vielen Trauerjahren hielt? Und als er endlich erschien, da die besseren Leute schon aufbrachen, schloß er sich nicht dem Ehrengeleite der Bäuerin an, sondern gesellte sich zu Pack auf dem Tanzboden. Und sie hatte den Abwesenden vermißt und sich über Peters Kommen gefreut! Loni seufzte: Hat er denn nichts davon geahnt? Und dann erschrak sie über sich selbst. So Gott will, nicht! Du denkst doch nicht, du wirst doch nicht! Der Peter, ein lediges Kind, der Raufpeter und wüste Hallodri soll den Platz des braven Lorenz in deinem Herzen haben, der Herr auf dem Hof des Seligen werden! Jesus, Maria und Josef, wo denkst du schon hin! Aber sieht er nicht wie ein leibhaftiger Bruder des Lorenz aus? Wer ist talauf, talab so stark und kuraschiert wie der Peter? Und ist er nicht der beste Bauer, wenn er nur will? Und der Förster wieder meint: Schad' ist's, daß Peter kein Jäger worden. Und die Panduren wickelt er um den Finger, wann er vom Krieg erzählt. – Aber ein Lump ist er halt doch. Ach, du himmlische Barmherzigkeit! Was soll daraus werden!

So tief wühlten sich die beiden Frauen in ihre Gedanken, daß sie nichts hörten, als die Stiege unter dem Tritt der beiden Männer krachte, die bei nachtschlafender Zeit das Haus verließen. Sepp wartete schon im Hof. Alle drei nahmen den Weg über die Mauer.

Die Landschaft lag im kalten Mondlicht.

Alles still! –

»Besser wär's, der Mond tät nit scheinen,« murmelte Peter, während er die Brechstange in seiner Rechten in die Erde stieß, um den Leibgurt fester zu schnallen. »Aber heut' am Sonntag saufen sich die Panduren in den Münchener Braustuben fest. Auf alle Fäll' hab' ich mein Spazierstöckerl mit!« Und er riß die schwere Eisenstange aus dem Boden und schwang sie wirbelnd über seinem Schädel.

»Ist's weit?« fragte Max.

»Fehlt's schon an der Kurasch'?«

»Nein, aber an den Füßen. Ich hab' noch die hohen Sonntagsstiefeln an.«

»Ich hab' bis zu Gebetläuten 'tanzt, aber gang' dir heut' noch bis Wolfratshausen. – Weit ist's nit, nur ein bissel naß.«

Peter schritt voran. Erst hörten sie den Fluß rauschen, dann sahen sie ihn zu ihren Füßen. Jenseits der Isar lag schwarz der Wald, und dichtes Gestrüpp säumte das Ufer. Vom Hang, auf dem die Männer standen, sahen sie auf einen schmalen Pfad längs dem Gewässer. Mit einem Sprung war Peter auf diesem Weg. Seine Begleiter rutschten ihm nach. Dann ging es stromaufwärts. Immer steiler wurde das Ufer, streckenweise war es unterwaschen, und über dem glitschrigen Weg hing das feuchte Gewölbe. An einer Flußkrümme hörte der Weg auf. Die Uferwand ging senkrecht ins Wasser. Peter wies auf eine blinkende Bank von Steingeröll und Sand, die den Fluß in zwei Arme teilte. »Da müssen wir 'nüber. Das Wasserl ist nur knietief, aber ums Eck hat's Gruben und Fallen.«

Sie durchwateten die Furt, kletterten am Geröll empor und wandten sich dann auf dem Geschiebe rechtswärts. »Jetzt bin ich an der Isar geboren«, sagte Max, »aber um das Eck niemals kommen.«

»Du warst halt alleweil ein braves Buberl. Ich war schon klein das schwarze Schaf. Ich und meine Kameraden haben uns in der Isar 'bad't, und es ist da herum kein Winkel, in den wir nit unsre Nasen steckten.« Max schlenkerte die Beine, von denen das Wasser troff. »Ein andrer Weg wär' mir lieber.«

»Es gibt keinen nähern. Schau dich um!«

Die Landschaft war von einer großartigen Wildheit. Hier wirkten nur elementare Kräfte. Wetter und Wind und Wasser modelten am Gestade. Drüben lag breit Gerölle mit sumpfigen Lachen, hüben war die haushohe Uferwand vom Wasser unterhöhlt, und Frühlingsfluten hatten Klüfte und tiefe Schluchten gerissen.

»Es riecht nach Rauch«, sagte Max schnuppernd. »Wo Rauch is, is Feuer. Das werd meinen Stiefeln gut tun.«

»Die Nächt' sind noch kalt, da zünden sie halt ein Feuerl an. Da herum suchen die Kaiserlichen nix.« Sie legten noch eine Strecke auf dem Geschiebe zurück. »Kra, kra!« ahmte Peter den Ruf einer Saatkrähe nach. »Kra, kra!« kam die Antwort vom Ufer. Noch einmal mußten die drei über eine Furt, dann standen sie vor einer weitklaffenden Höhle, und im Rauch und Qualm eines lodernden Feuers tauchte ein Dutzend Männer auf, alle mit rußigem Gesicht, verwildertem Haar und Bart, hagere und untersetzte Gestalten, alle zerlumpt. Der Empfang war nicht laut. Einige drückten dem Raufpeter die Hand, dann lagerte man sich um das Feuer. Beim Flammenschein erkannte Max ein paar Bauernsöhne aus der Nachbarschaft, die vor der Aushebung geflohen waren. Der betreßte Rock, verschossen und verschlissen, und breitkrempige Hut kennzeichneten andere als weiland kurfürstliche Soldaten. Ein baumlanger Kerl mit einer Habichtsnase, der Reisig und Krüppelholz aus dem Hintergrunde schleppte, trug die Lodenjoppe der Gebirgler und einen Gamsbart auf dem vergilbten Jägerhütel. »Das ist der Wilderer-Hans von Mittenwald«, sagte Peter zum Seebacher. »Vor dem ist kein Rehbock sicher, und kein Hendel auch net.«

»Ich bin halt so viel wert wie du«, erwiderte der Gebirgssohn, »aber ich streit' nit mit dir. Was nutzt das Wildern, wo sich nur dann und wann ein alter Geisbock her verlauft. Die Schnapskruken ist bald am

End', und den letzten Wecken hat der Franzos aufg'fressen.« – »Parol donör, das das eine Lug'«, versetzte ein graues, vermückertes Männchen in einer fragwürdigen Uniform.

»Heut' reicht's noch«, sagte Peter und tat einen Zug aus dem Steinkrug, den ihm ein Nachbar darbot. »Morgen schpendiert der Seebacher da Schnaps und Speck, und kommen wir net selber, bringt's der Sepp.«

»Sepp is ein *bong Garsson* und *mon ami*. Der Musje Seebacker wundern sich über meine Sprack. Aber 'ab ich so lang' unter Franzosen gelebt, daß ich beinah' verlernt meine Muttersprack.«

»Das lohn' dir der Teifel«, rief ein Bursche, der einzige, der noch Fett am Leibe hatte. »Wir sind Patrioten, wollen net kaiserlich wer'n, aber Welsche auch net. Jesses, was gäb' ich drum, wann ich jetzt in Holzkirchen im Braustübel von meinem Alten sitzen könnt'!«

»Im Sommer sind wir alle wieder daheim«, meinte einer. »Der Fuchs bleibt in keinem leeren Hendelstall, die Panduren werden net mit uns verhungern wollen. Wo nix ist, hat der Kaiser sein Recht verloren.«

Hin und her wurde über die Friedensaussichten gesprochen. Nur wenige schenkten den günstigen Nachrichten Glauben.

»Was nutzt alles Schwatzen«, rief der aus Mittenwald, »es werd, oder werd net! Wir stecken im Dreck. Aber es gibt doch Tröpf' g'nug, die noch Geld haben wie Heu und wie die Herrgötter leben, weil sie vor dem kaiserlichen Rat katzenbuckeln und dem Panduren-Feldweibel einen Zwanz'ger nach dem andern in die Tatzen drucken. Sellen Hallunken den roten Hahn aufs Dach und unsere Händ' in die vollen Taschen!«

»Wir sind doch keine Rauber!« sagte Max.

»Höllsakradi, halt's Maul mit deinem verruckten Zeug!« fuhr Peter den Langen an. »Das heißt, es *gibt* Mantelträger und Spitzeln auch im Bayerland, und denen g'schäh' scho' recht.« Er brach ab und schlug Sepp auf die Schultern. »Gelt, Seppe!, Anno fünf, wenn uns da net so ein Luder verraten hätt' – Das G'sangel von den Patrioten, weißt es noch?« Sepp, der bisher stumpf in die Flammen gesehen, wurde lebendig. »Das weiß ich freili. Unser Bauer, der Seebacher Lorenz, hat mir's g'lernt.«

»Sag's auf, Seppel! Das macht uns warmer als Schnaps und Feuer. Das G'sangel von Anno fünf, Seppel, sag's auf!«

Der Bucklige blickte mit einem unsicheren Lächeln auf den Sprecher. Der klopfte ihm wieder auf die Schulter. »Der Meindl hat's g'macht, und ihr habt's g'sungen bei Burghausen und Schärding und vor München. Sag's her!«

»Burghausen – Schärding – da war's guat – da hat der Lorenz –« Er richtete sich auf, breitete die Arme aus und drückte die Augen zu. Es war ganz still in der Höhle, nur das Feuer knisterte, und die Isar rauschte. Dann begann Sepp mit rauher Stimme, mit Anklängen an seine mundartliche Sprechweise, aber mit wachsendem, leidenschaftlichem Ausguck:

»Weih unser Schwert du, der uns kennt,
Das Feuer weih, das in uns brennt,
Wir kämpfen für das Bayerland!
Kaiserlich Volk knecht't unsern Leib,
Raubt unser Kind, schänd't unser Weib,
Max Emanuel ist verbannt!

Es ist für uns kein ander Heil,
Die Flint' zur Hand und Senf' und Beil!
Max Emanuel ist verbannt!
Wir raufen, einer gegen zehn,
Doch die Büchsen treffen, die Sensen mähn,
Wir kämpfen für das Bayerland!

Weihnacht ist da; es läut't zur Metten,
Wir aber woll'n die Kinder retten,
Erretten aus fremder Hand!
Die Kinder! Bauer oder Knecht,
Heut' sind wir gleich und sind im Recht,
Wir kämpfen für das Bayerland!

Die Kinder retten! Schlagt zu, schlagt tot!
Die weißblaue Fahn' muß werden rot,
Der Christbaum steh' in Brand!
Wir raufen heute nicht um Klein's,
Und fallen wir, ist alles eins –
Dreimal hoch das Bayerland!«

Ein herrlicher Sommer brachte Segen für Dorf und Stadt. Bauern und Gutsherren rechneten mit einem fruchtbaren Jahr, und in den Städten war schon die Hoffnung auf Wiederkehr der alten besseren Zustände dem Handel und Gewerbe günstig. Nur die Abtrünnigen, welche sich mit den Gewaltherren befreundet hatten, um im Trüben zu fischen, zweifelten noch am Sieg des guten Rechts.

Auf dem Seebacher Hofe ging es heiß her. Dem Gottessegen auf den Feldern waren die paar Menschen nicht gewachsen, und Tagelöhner wurden gedungen. Loni war mit ihrem Sohne von früh bis spät auf den Feldern, während Walpurg das Hauswesen besorgte. Abends war man todmüde und schlief bis Sonnenaufgang einen traumlosen, festen Schlaf. Insofern war die Zeit weder für Liebesromane noch Höhlenromantik günstig. In der Liebe freilich genügt ein wechselseitiger Blick, ein heimlicher Händedruck, um das Feuer zu unterhalten. Doch der Eifer für die Kameraden im Isarwinkel nahm bei Max in dem Grade ab, als ihre Ansprüche an seine Freigebigkeit wuchsen, und er würde die Besuche der Höhle ganz eingestellt haben, wenn ihn nicht Raufpeter an den Feiertagen – und es gab deren leider nicht wenige – durch Hohnreden und versteckte Drohungen zum nächtlichen Gang genötigt hatte. Einige von den Flüchtlingen und zwar die Ehrlichen hatten inzwischen den Schlupf verlassen; die Neulinge, die sich dafür einfanden, paßten um so besser zu den Ausdauernden, verrohte, arbeitsscheue Gesellen vom Schlage des Mittenwalder Wildschützen, untauglich für allen Dienst und verdorben für *jeden* Herrn. Die Ernte war glücklich unter Dach, die Scheunen waren voll, und Loni schränkte ihren Haushalt wieder ein. In festtäglicher Stimmung wanderte sie Sonntags in der zweiten Hälfte des August zum Hochamt nach Talkirchen. Schon am Morgen war es drückend heiß. Die Landschaft unter dem weißglühenden Himmel mit ihren kahlen Feldern und Wiesen, mit den Staubwolken, welche Scharen von Kirchgängern aufwühlten, hatte etwas Wüstenartiges, doch die vielen roten Regenschirme, die jetzt als Schattenspender dienten, brachten Farbe und Leben in die Landschaft. Auch Frau Loni schritt unter solch einem purpurnen »Parasol«, den Walpurg sorgsam über sie hielt. Max und Peter gingen als Lonis Paladine voraus. Peter trug einen nagelneuen Flausrock, das Haupt- und Barthaar gestutzt und in natürlicher Farbe; tannengerade hielt er sich und blickte übermütig, wagemutig in die Welt.

Jesus, wenn ihn ein Pandur erkennt, dachte die Bäuerin hinter ihm, er stürzt uns zuletzt noch alle ins Unglück! – Schneid' hat er, das muß man ihm lassen. – Und so g'wachsen wie er war nur mein Bauer. – Er ist beinah' um einen Kopf größer als der Max. –

Die Gedanken ihrer Begleiterin drehten sich um den Jüngeren. Groß oder klein, die Lieb' fragt net danach, aber mich freut's, daß mein Max net so eine lange Stangen ist wie der Peter … Ich glaub' schon, daß er mich gern hat, aber seine Heimlichkeiten hat er doch vor mir. Letzten Sonntag sind die Männer wieder auf und davon in nachtschlafender Zeit. Ich hab' kein Aug' mehr zugetan. Der Tag hat schon graut, als sie heimkamen. Wo treibt er sich um? Und die Frau Tant' hat wieder nix g'merkt. Die schlaft wie ein Ratz. Sie wird halt schon alt. – Ich tu's nicht gern, aber heut' nehm' ich Max ins Gebet …

›Er g'fallt mir wie keiner‹, gestand sich die Bäuerin, ›aber lieber reiß' ich mir die Augen aus, als daß er es merkt!‹

›Heut' muß mir Max beichten!‹ gelobte sich Walpurg.

Aber es kam anders.

Als sie von der Kirche heimkehrten, trafen sie Walpurgs Vater auf dem Hofe an. Die Bäuerin empfing ihn mit ungewöhnlicher Herzlichkeit. ›Gut, daß er da ist‹, dachte sie, ›vor dem nehm' ich mich zusammen.‹

»Ist das heut' eine Hitz', Frau Bas'. Fahrt der Bogner Bräu nach Talkirchen und laßt mich aufsitzen. Die armen Rössel haben g'schwitzt, als ob sie *zwei* Bierbrauer und eine Kompagnie Invaliden ziehen müßten … Ich hab' vom Sepp schon g'hört: das Jahr ist gut! Ich gratulier' von Herzen. War meine Burgl fleißig beim Zeug?«

»Ein jeder tut halt, soviel er kann«, erwiderte die Bäuerin kurz. »Ich denk', wir setzen uns in die Stub'n. Wo ist denn der Peter?«

»Beim Wirt«, sagte Max. »So bald kommt der nit heim.«

Loni schlug die Hände zusammen. »Im Wirtshaus in dem Aufzug, als der Raufpeter und Desentör! Wenn ihn die Kaiserlichen ersehen, wird er erschossen, und uns geht's an den Kragen.«

»So harb ist's nit mehr«, meinte der Invalide. »In der Hofburg geben sie kloanweis' nach. Aus München ruckt ein Bataillon nach dem andern ab. Das Ölzweigerl, das uns der Meindl 'bracht hat, war kein leerer Trost.«

Doch Loni blieb verstimmt und sorgenvoll. Nach dem Essen ging Max auf Kundschaft aus. Die Seinen saßen noch am Tisch, als er wieder eintrat. »Kommt er?« schrie die Bäuerin auf.

»Noch nit, aber ich bin unserm Herrn Pfarrer begegnet, und der hat mir vertraulich g'sagt, unser *Franz* säß' im Wirtshaus so absonderli lustig, und es wär' halt doch ratsam, wir täten ihn holen.«

»Was holst ihn dann nit?!« ließ ihn hart die Mutter an.

»Ich wollt' nur sagen, daß der Himmel auf der Bergseiten ganz schwarz ist. Vielleicht kommt ein G'witter, vielleicht auch net.«

»Mir liegt's schon in allen Gliedern«, sagte Loni, »geh nur, geh!« Der Invalide bat, in Walpurgs Kammer ein Schläfchen halten zu dürfen, auch er spürte das Wetter. Loni war bei der Unrast in ihrem Blute seiner Bitte froh.

In Walpurgs dämmeriger Kammer nahm der Alte auf dem einzigen Sessel Platz. »Bitt' schön«, sagte das Mädchen eifrig, »ich werd' Euch das Bett aufdecken.«

»Ich bin nit müd'. Es war eine fromme Lug! Ich muß mit dir unter vier Augen reden. Da stell dich her, daß ich dein G'sicht sehen kann.«

Was Walpurg ihrem Liebsten zugedacht hatte, geschah nun an ihr. Sie wurde vom Vater »ins Gebet genommen«.

»Du hast heut' kocht«, begann er. »Die Suppen war versalzen. Bei den Knödeln hab' ich unwillkürli an die Granatkugeln bei Belgrad 'denkt, und wie's halt so geht, fang' ich ein Stückerl vom Türkenkrieg zu erzählen an. Die Frau Bas' – na ja – wenn man einen Kerl im Haus hat, der selber der reinste Krowat ist, hat man Sorgen. Aber du, die immer Aug' und Ohr für mich war –«

»Horchet, Vater, hat's net schon 'donnert?«

»Auf mich hast net g'hört, aber g'schaut auf den Maxel, und er auf dich! So – so – Raus mit der Wahrheit: der Vetter hat mit dir angebandelt?!«

Walpurg blickte zur Erde. »Wir sind miteinander versprochen.«

»Ineinander verliebt und miteinander verlobt, ist nit eins. Beim Versprechen haben auch die Eltern mitzureden. Weiß es die Bäurin schon?«

»Bis heut' noch net.«

»Aha! Die Antwort der Frau Loni, wenn ich mit ihr red', weiß ich voraus und will mir den Mund nit verbrennen. Aber der Max muß mit ihr reden. Und das heut' noch! Wenn er heimkommt, werd' ich's ihm sagen.«

»Aber Vater, die Frau Tant' hat noch so viel Sorgen! Wenn bessere Zeiten kommen – wir warten ja gern.«

»Auf was? Ich bleib' ein ab'dankter Soldat und du ein armes Madel. Lebst unter den Bauern und kennst sie noch net! Die Frau Bas'! – Weißt, was sie dem Max heut' antworten wird? Auslachen wird s' ihn. Und wenn er Ernst macht, kann er sein Bündel schnüren. Hof und alles Gut und Geld sind der Bäuerin bei Lebzeiten verschrieben.«

»Der Max ist ein tüchtiger Bauer, und ich bin auch nit faul.«

»Das wird eine traurige Brautschaft werd'n, der mütterliche Segen fehlt. Und wird der Mann ausharren um dich, die ihn um den Segen und sein ruhiges Brot und sein Vaterhaus 'bracht hat? Ich fürcht', ich fürcht' – aber vom Nächsten wollen wir reden. Morgen in aller Früh' bin ich wieder da und hol' dich, ob die Frau Bas' nein sagt oder ja.«

»Dann nimm mich nur gleich mit dir! Denn soviel kenn' ich unsere Hausfrau: Heut' läßt sie *nicht* mit sich reden. Vater, habt Ihr denn gar kein Vertrauen zu mir? Ich halt' auf meine Ehr'!«

»Deine Ehr' und meine sind eins. Wie das Spiegerl dort, so blitzblank muß sie bleib'n, oder – Ich will net daran denken!« Er sann vor sich hin. »Du hast recht. Man soll's net übers Knie brechen. Ich red' heut' mit dem Max. Acht Tag' sind eine lange Zeit. Da kann er sich überlegen, wie er's der Mutter am besten beibringt. Am nächsten Sonntag hol' ich mir Bescheid, und mein Burgel geht mit mir.«

»Vater, Vater!« rief Walpurg und hing an seinem Hals, »ich mach' Ihm niemals Kummer!«

»Ich glaub's, ich glaub's, sonst lasset ich dich keine Stund mehr da!« – Er sah sich in der Kammer um und nickte. So kahl sie war, offenbarte sie doch die häuslichen Tugenden der Bewohnerin. Zuletzt wendete sich sein Blick zu dem vergitterten Fensterchen. »Am Anger hast du eine schönere Aussicht … Horch! Jetzt hat's wirkli donnert, aber noch schwach … Ob der Bräu fortfahrt, eh' ich nach Talkirchen komm'?«

»Vielleicht läßt Euch die Frau Tant' mit unsern Bräundeln heimfahren.«

»Sie tut's net gern, und ich nehm's net an.«

An der östlichen Seite des Wohnhauses zog sich ein schmales Beet am Gemäuer hin mit Gemüsepflanzen und wenigen Sommerblumen.

Zwischen Bohnenstangen stand eine Bank, das war der Bäuerin Gartenlaube. Nachmittags lag der Platz im Schatten, und an schönen Sonn- und Feiertagen hielt Frau Loni dort ein Ruhestündchen. Auch heute suchte sie, sobald sie allein war, das Gärtchen auf. Lange saß sie dort in ruhlosen Gedanken. Die Schwüle war überall, und die schwere Gewitterluft, mit dem Duft von Nelken und Goldlack gewürzt, versetzte die sonst so nüchterne, besonnene Frau in seltsame Aufregung, und das Herz klopfte ihr vor heißen Gefühlen und verbotenen Gedanken. Sie stand auf, ging hin und her und hielt wieder inne. Im Westen drohte das grauschwarze Gewölk. Schwalben schossen auf dem dunkeln Hintergrunde hierhin, dahin. – »Es ist eine Hex' in der Luft«, redete sich die Bäuerin ein. »Warum fangen s' in Talkirchen das Wetterläuten net an!« Es donnerte dumpf, aber noch regte sich kein Blatt. Das geängstigte Weib wandte sich der taghellen Landschaft im Osten zu. Ein Almerlied fiel ihr ein aus ihrer Mädchenzeit im Gebirge. Sie sang mit ihrer ungeschulten Altstimme die ersten Verse versuchsweise wiederholt vor sich hin:

»Vom Wald schaug i aussa,
Wo d' Sonn' so hell scheint –«

dann sang sie lauter:

»Mei Schatz is mir liaber
Als all meine Freund'!
Als all meine Freund'
Und liaber als Geld,
Mei Schatz is mir liaber
Als all's auf der Welt!
Und glaub's nur, mei Schatz, wenn
Die Leut' di verschrein:
Di kann mir, mi kann dir
Koan Wensch mehr verleid'n!«

Da legte sich ein starker Arm um Loni und drehte sie, die nicht widerstand, herum, und in süßer Mattigkeit lag die Frau in den Armen des

Mannes, an den sie bei dem Liede und all die Zeit her gedacht hatte. »Das G'sangel hat di verraten, Loni!

Mi kann dir, di kann mir
Koan Mensch mehr verleid'n!«

Sein Kuß brannte auf ihren Lippen, und da schlang sie leidenschaftlich die Arme um den geliebten Mann und küßte *ihn*. Da – Blitz und Donnerschlag! – Der jähe Schrecken brachte Loni zur Besinnung; sie stieß Peter zurück, daß er taumelte, und flüchtete sich ins Haus. Peter wollte ihr nach, doch ein zweiter Blitz blendete ihn, der Regen prasselte, die Windsbraut fegte über das Haus, und Mörtel, Moos und Schindeln wirbelten um Peter.

»Himmelherrgott!« fluchte er, da fiel ihm eine halbe Dachrinne vor die Füße.

Als Peter in die Wohnstube trat, sah er beim Flackerlicht eines Blitzes die Mannsleute und die beiden Frauen vor dem kleinen Hausaltar knien.

»Heilige Mutter Gottes, bitt' für uns!« betete Walpurg.

»Bitt' für uns!« wiederholten die andern. –

An den abziehenden Gewitterwolken spannte sich der farbige Bogen; über Talkirchen leuchtete der schönste Abendhimmel.

Als Walpurgs Vater aufbrach, bot ihm die Bäuerin, die seltsam niedergeschlagen war, ihr Fuhrwerk an. Allein der Invalide glaubte sicher seinen Gönner im Dorfe noch anzutreffen. Max sollte ihn dahin begleiten, um die Frauen über seine Heimfahrt zu beruhigen.

Bei der Rückkehr des jungen Bauers dunkelte es schon. Raufpeter erwartete ihn im Hofe. »Die Frauensleut' sind in der Kuchel. Wie wird's heut' nacht? Ich hoff', du hast dir's überlegt und tust mit.«

»Nein, ich bleib' dabei: geh du allein! Wir drei sind jetzt wieder die einzigen Mannsleut' im Haus, einer von uns muß nachtens auf dem Hof bleiben.«

»Natürli du! Kann mir denken, warum!«

»Dazu kann ich nur lachen. Du kennst uns besser. Die Burgl halt't auf ihre Ehr', und ich mein's ehrlich. Weil wir grad' bei der Ehrlichkeit sind – beim Lisch wollt's heut' nacht Haberfeld treiben!? Wenn's nur dabei bleibt!«

»Himmelsakra, was willst damit sagen? Sind wir ebba keine Patrioten? Der Lisch ist ein kaiserlicher Spitzel. Er und kein andrer hat Anno fünfe die Bauern verraten.«

»Man sagt's, man glaubt's, wer weiß was G'wisses! Patrioten? Der Wildschütz hat in Mittenwald 'dient, aber ist z'haus in Tirol. Was gehn ihn unsere Sachen an?«

»Ein schneidiger Kerl ist beim Raufen allemal dabei.«

»An Schneid' fehlt's mir nit, aber seit wann wird beim Haberfeld g'rauft?« Peter hatte Gründe, die Frage nicht zu beantworten. »Der Seppl ist ein armer Häuter, aber er freut sich auf den G'spaß und gönnt dem Lischbauern die Schand'!«

»Einer bleibt daheim, ich oder der Sepp.«

Peter überlegte. Er vermutete richtig, daß es zwischen Max Seebacher und Walpurgs Vater wegen der Liebschaft zur Aussprache gekommen sei. Doch den Ernst des ehrlichen Jungen hielt der Leichtfuß für üble Laune. Seinen kleinen Finger hab' ich, sagte sich Peter, aber noch lange nicht die ganze Hand. Und darum ist's gut, wenn Max heute daheim bleibt. Aber der blöde Sepp muß mithalten. Er gehört zum Seebacher Hof. Die Mitschuld des einen deuchte Peter eine Bürgschaft für seine Herrschaft über alle.

Er schlug Max auf die Schulter. »Bist granti? Ich versteh' … Machen wir dem Sepp die Freud'!«

Um elf waren Peter und Sepp unterwegs; doch nicht nach der Höhle, sondern an Hecken hin und durch Gräben, auf allerlei Schleichwegen nach dem Walde. Auf einem Hügel stand ein Kreuz als frommes Wahrzeichen für die Flößer auf der Isar. Da die Stelle im Mondlicht lag, entdeckte Peter alsbald einen gabelförmigen Ast, der lose in der Erde steckte. »Die Kameraden sind schon voraus«, sagte er leise zu seinem Begleiter, »und jetzt schau dich doch einmal um. Dort liegt München, dort säß' unser Kurfürst schon lang', und der Seebacher Lorenz lebet' noch heut', wenn's Anno fünf nit Hallunken wie den Lischbauern 'geben hätt'!«

»Du meinst, er ist's g'wesen?«

»Wer denn sunst? Woher hätt' er denn das viele Geld? Aber heut' kommt die Straf'.«

»Der Lisch hat einen bösen Hund.«

»Der beißt seit gestern keinen mehr.«

»Seinem Bauern war er treu.«

»Was weiß so ein Viech von Anno fünf! – Jetzt müssen wir durch den Wald. Kann sein, aber ich glaub's net, daß uns eine kaiserliche Wach' oder ein Forstmensch begegnet. Ich, der Franz, und du, der Sepp vom Seebacher Hof, wollen nach Sauerlach zur Kräutel-Wabi, weißt, wegen einer kranken Kuh. Verstehst?«

Der schwarze Wald nahm sie auf. Ein schmaler Weg zog sich zwischen hohen Föhren hin.

»Den Steig kenn' i«, sprach Sepp. »Da is der Talkirchener Kramer mitten in der Nacht einem Leichenzug begegnet. Und wer geht hinter der Bahr'? Unser damaliger Pfarrer. Da hat der Kramer freili g'wußt, daß dös lauter Geister san, denn er hat vor seinem Marsch Hochwürd'n beim Wirt im Herrenstübel sitzen sehen. Der Kramer hat sich von seinem Schreck erholt, aber der Pfarrer ist acht Tag' drauf plötzli g'storben.«

»Ich glaub's net.«

»Dös glaubst du net?! Mir hat heut' nacht von einer Prozession mit viel hundert Kerzen 'träumt. Paß auf, das bedeut't eine Leich' auf unserm Hof!«

»Halt 's Maul und gib acht! Ein Geisterzug wär' mir lieber als ein Zug Panduren.«

Endlich lichtete sich der Weg, und die Wanderer blickten aus dem Gehölz in freies Gelände, auf Wiesen und Äcker. Und da lag auch das Ziel, ein einsam Gehöft wie der Seebacher Hof, von einer verwitterten Mauer umgeben. Wohnhaus und Scheunen hatten altertümliche, steile Dächer von Stroh. Aus den Fenstern über der Mauer glänzte kein Licht, wie ausgestorben lag der Hof in der todstillen Nacht.

Ein Krähenschrei unterbrach die Stille. Obwohl Sepp mit dem Erkennungszeichen der Flüchtlinge vertraut war, schaute er unwillkürlich aufwärts, so naturwahr klang das »Kra«.

»Die Kameraden haben uns d'erspannt«, murmelte Peter. »Wenn der Wolkendrak dort ein Stückerl weiter ruckt, fangen wir an. Du bleibst da und rührst dich nit vom Fleck. Drenten dem Preisinger Wald ist nit zu trauen. Der neue Förster vom Grafen, der schieche Teufel, geistert auch in der Nacht drin herum. Siehst den Grenzstoan? Dort führt ein Straßel aus dem Holz, das b'halt im Aug' und schrei ›Kra! Kra!‹ wenn was außi kommt, Mann oder Hund!«

Das ziehende Gewölk verdüsterte den Mond, fünf, sechs Gestalten sprangen aus dem Wald feldein; Peter folgte. Was fallt ihnen ein, sagte sich Sepp, sie steigen über die Mauer! Die sind keck. – Er hörte das Kollern von Steinen, dann war's wieder still. – – Ein rötlicher Schein zuckte hinter der Mauer auf. Sie machen Licht, dachte Sepp in wachsender Unruhe. Der Schein wanderte vom Haus über den Hof, und plötzlich schoß eine Flackerflamme, ein brennendes Scheit oder Strohbündel, durch die Luft und fiel auf das Scheunendach.

Da war dem armen Narren alles klar. »Mordbrenner!« und »Kra! Kra!« schrie er, aber sein ganzes Entsetzen lag in dem Ruf, es war ein gellender, verzweifelter Hilfeschrei. Und da krachte auch schon ein Schuß im Walde drüben, und Hunde schlugen an.

Die gestörten Räuber tauchten hinter der Mauer auf, sprangen ab und rannten über das Feld. Sepp wurde von der Faust Peters fortgerissen. »Lauf ums Leben!« keuchte der Raufbold, und Sepp, wieder wirr vor Schrecken über das, was er gesehen, wie über sein eigenes Geschrei, folgte.

»Die Hund'! Die Hund'!«

»Sind hinter den andern her. Lauf!«

Peter kannte den Wald; er rannte so gut es ging in gerader Richtung, über einen sumpfigen Graben sprang er hinüber, wandte sich seitwärts, lief eine Strecke weit am Rain hin und sprang wieder. Beim zweiten Satz kam Sepp zum Fall. Er richtete sich auf, aber die Lunge versagte.

»Verschnauf dich!« sagte Peter. »Die Hund' sind weit. Der von ihnen anpackt wird, muß sich d'erwehren, oder wir sind dengerscht verloren.«

In der Richtung des Gehöftes war der Himmel rot. »Der Hof brennt«, fagte Sepp schaudernd.

»Unser Glück, denn der Förster wird erst die Leut' außi trommelt haben. Bis auf den Bauer sind alle jung. Die schlafen fest. Aber jetzt sag mir –«

Dem Sepp klapperten die Zähne; er dachte: »Jetzt bringt er mi um –«

»Hast z'erst den Jager g'sehn oder z'erst die Hund'?«

»Den Jager! Den Jager!« fiel Sepp hastig ein und seufzte dann erleichtert auf.

»No, g'schrien hast laut g'nua. Man hätt' dich können in Talkirchen hörn. Und drauf hat der Herrgottsakra nach dir g'schoss'n!«

»Ja.«

»Und hat dich g'fehlt! Pfui Teifi! Das heißt, für uns war's gut, aber für den Schützen eine Schand'! Jetzt rappl' di auf! Wenn wir die Füß' auf den Buckel nehmen, sind wir in einer Viertelstund' auf der Landstraß'. Dann *kommen* wir von Sauerlach, verstehst!«

Sie gelangten ungefährdet heim. Der Raufpeter warf sich in den Kleidern auf sein Lager und schlief sofort ein.

Sepp jedoch auf der Streu im Stall fand keinen Schlaf. Und doch war die seelische Erschütterung für ihn von heilsamer Wirkung. Er konnte zusammenhängend denken, urteilen, überlegen, konnte sich über seine Empfindungen Rechenschaft geben. Er verabscheute den Einbrecher und Brandstifter, und eben wegen der Ähnlichkeit Peters mit Lorenz Seebacher, die den treuen Knecht bisher bestrickt und verwirrt hatte, haßte er jetzt den Mann. Sepp war ihm ergeben gewesen wie ein Hund seinem Herrn, ihm, der das Unglück und der Fluch des Hauses ist! Werden die Missetäter von heute nacht entdeckt, verfallen auch die Bäuerin und ihr Sohn, Walpurg und Sepp selbst dem Gericht. Denn der Seebacher Hof hat den Flüchtling und Räuber beherbergt. Geht diese Gefahr vorüber, verfallen Mutter und Sohn dem schrecklichen Menschen. Jammer und Not, wenn sie ihn fortschicken, Jammer und Not, wenn er bleibt!

Sepp betete zu Gott und allen Heiligen um Rat, doch alles Beten und Sinnen war vergebens.

Ein trüber Tag schien Peter beim Erwachen durch das offene Kammerfenster. Es regnete herein, und Nebel verhingen die Bäume jenseits der Mauer. In Talkirchen läuteten die Kirchenglocken.

»Läuten's die zweite Mess' ein oder aus? Ich hab' mich verschlafen. Der Max ist schon bei der Arbeit.« Er grinste vergnügt. – »Wenn die G'schicht aufkommen und wir aufg'schrieben wären, hätten s' mich nit verschlafen lassen.«

Peter suchte zunächst in den Ställen Sepp auf. Kein Sepp, kein Max! Auch die beiden Gäule waren nicht da. Wo sind sie denn mit unsern Bräundeln hin? Ins Holz geht's nit ohne mich. Sakradi! Ich muß mit Sepp reden.

Er trat ins Haus, in die Wohnstube. Da empfingen ihn die Frauen mit Jammern und Weinen.

»Was is? Was gibt's?«

»Der Max ist fort!« – »Ja, wohin denn?«

»Das wissen wir nit. Er hat desentieren müssen.«

Die Bäuerin begann zu erzählen, doch ihre Stimme erstickte in Tränen. Auch der Versuch Walpurgs, zusammenhängend zu berichten, mißlang, auch sie brach bald in leidenschaftliches Weinen aus. Das Unglück, der Prüfstein der Freundschaft wie der Liebe, offenbarte ihr selbst erst die ganze Tiefe ihrer Neigung. Sie dachte nicht mehr an die »andern«, nicht an das Urteil der Welt, an *ihre* Zukunft und *ihr* Glück; ihr ganzes Sein war die Sorge, der Kummer und Schmerz um *ihn*. Nur nach und nach, in Bruchstücken, jetzt von Loni, jetzt von dem Mädchen, erfuhr Raufpeter die Ereignisse der vergangenen Nacht auf dem Seebacher Hof.

Max und die Frauen waren spät noch auf. Max war seltsam unruhig und schien sorgenvoll. Er gestand zuletzt, daß die beiden Knechte nachts ausgegangen, im Dorf oder wer weiß wo seien. »Das sind die Lumpazi!« meinte die Bäuerin, als an das Hoftor gepocht wurde. Doch Max widersprach dem entschieden, und so waren die Frauen voll bänglicher Erwartung, während jener hinausging, um sich über den späten Besuch Gewißheit zu verschaffen. Er kam zurück, wankend, weiß wie die Wand, ein Bild der Verzweiflung. Der Talkirchener Schullehrer folgte ihm auf den Fersen. Der alte Mann zitterte selbst vor Aufregung, aber faßte sich kurz. Der Gemeindevorstand schickt ihn und läßt mit eigener Gefahr als treuer Freund Mutter und Sohn im Seebacher Hofe warnen: Trotz der Friedensverhandlungen hebt die kaiserliche Regierung neuerdings mit unerbittlicher Strenge Rekruten aus und läßt auf die Dienstpflichtigen fahnden, denen aus irgend welchen Gründen, aber angeblich nie zu Recht, der Dienst erlassen worden. Vor einer Stunde hat eine kaiserliche Kriegskommission, von einem Trupp Rotmäntel begleitet, den Bäckerssohn in Talkirchen vom Backtrog weg und den jungen Täublerbauern aus dem Bett geholt. Jetzt sitzen die Menschenjäger in ihrem Nachtquartier fest – beim Wirt. Doch vielleicht schon morgen früh erscheinen sie auf dem Hof der Frau Apollonia, denn *Max Seebacher steht auf ihrer Liste!*

Die Frauen schreien auf. Max war wie von Sinnen. »Wenn du mir g'sagt hätt'st: morgen wirst hing'richt' – ich könnt' nit *mehr* erschrecken. Lieber bayrisch sterben, als kaiserlich verderben! Lieber ein rasches End', als Elend ohne End'! Ja, Elend! Wer von uns Bayern ausg'hoben wird, muß gleich über die Grenz'. Von den Talkirchenern, die's 'troffen hat, hat man nie mehr was g'hört. Ein Paar haben g'schrieben. O mei! Man könnt' einem jeden ein Marterl setzen.«

Schnelle Flucht schien allen die einzige Rettung. Der Herbst muhte ja den Frieden bringen. Frieden, Frieden für das gequälte bayrische Volk!

»Ich weiß einen Winkel!« rief Max, von einem tröstlichen Gedanken erleuchtet. »Dort suchen s' mich net, und da will ich hin, und das gleich!«

»Net gleich, net gleich! Wir müssen ja so viel noch bereden.«

»Und derweil fallt's denen in Talkirchen ein, und sie setzen uns einen Wachtposten vors Haus!«

Erschrocken gaben die Frauen jeden Widerstand auf, drängten jetzt selbst zur Eile. Max umarmte und küßte Mutter und Base, in seinem Schmerz vielleicht Walpurg öfter als die Mutter. Sie begleiteten ihn bis ans Tor. Noch ein letzter Abschied, dann schritt Max in die Nacht hinaus.

Der Lehrer blieb bei den trostlosen Frauen zurück. Sie sprachen noch hin und her, wie es kommen, wie es enden werde. Dann streckte sich der Lehrer auf die Bank zu einem kurzen Schlaf. Die Bäuerin hatte dem braven Alten im Herzen längst alles abgebeten, was sie Böses über ihn gedacht und gesprochen hatte. Sie schob ihm ein Kissen unter und deckte ihn mit einem Mantel ihres Seligen zu ...

»Und wo steckt der Maxel?« fragte Peter, nachdem die Frauen soweit erzählt hatten.

»Das hat er uns nit verraten«, antwortete Loni. »Wir Frauensleut', sagt er, könnten aus lauter Liab und Mitleid eine Dummheit machen. Aber der Peter, sagt er, weiß schon, wo ich bin. Der wird alles besorgen.«

Peter machte ein verdutztes Gesicht.

Max ist in der Höhle! »Himmelsakra, jetzt fallt die Welt ein!« Doch dann dachte er: mitgefangen, mitgehangen. Schlechter wird meine Sach' dadurch nicht.

»Du glaubst doch, daß er gut aufgehoben ist, wo er ist?« fragte die Bäuerin ängstlich.

»Das wohl, aber Geld kost's überall, und ich wag' mein Leben.«

»Peter, Peter! Ich verzeih' dir alles, auch daß du mir den armen Seppl zum 'rumlumpen verführst. Bis zwei haben wir auf euch g'wart', wie eine arme Seel' auf Erlösung, aber wie ich dich ins Haus hab' stolpern hören, ist mir das Herz g'sunken. Der hat ein' Rausch, hab' ich denkt.«

»Ein Rausch war's net, nur Schlaf hab' ich g'habt.«

»Wie's dämmert, haben wir den Schulmeister g'weckt, und er ist mit unsern Bräundeln nach Holzkirchen g'fahren.«

»Und ich hab' nix g'hört. Was muß ich für einen mordarischen Schlaf und gut's G'wissen haben!«

»Der *Sepp* war wach.«

»Der Narr!«

»Wann's Wohl und Weh' der Seebacher gilt, ist er g'scheit. Er fahrt den Lehrer bis nach Holzkirchen. Zum Glück ist noch kein' Schul', und der Herr Pfarrer ist gut bayrisch.«

»Mich mag er net.«

»In Holzkirchen werd ein Bruder vom Lehrer die Bräundeln nach Miesbach führen, zum Viehhandler, du kennst ihn.«

»Den Schwager von unserm Wirt, ja freili!«

»Bei dem fallt ein paar Rösser mehr net auf. Wir aber können den G'strengen sagen: der Max ist schon gestern zu unfrei Verwandtschaft in die Berg' g'reist. Wann gehst zum Max?«

»Wenn ich *kann*, schon heut'.«

»Ja, tu's. Und er laßt dich bitten, bring' ihm seine Flinten mit. Wir haben das Flinterl vor den Rotmänteln auf dem Heuboden versteckt. Jetzt liegt's verpackt in der Truhen.«

Das Flinterl war ein wuchtiges Gewehr mit Batterieschloß. Mit funkelnden Augen prüfte Raufpeter Schloß und Lauf und Schäftung. Dann legte er auf Walpurg an.

»Geladen ist's net.«

Das Mädel antwortete ruhig: »Ich fürcht' mi net.«

Er setzte wieder ab – zauderte – und reichte dann Walpurg das Gewehr.

»Besser für den Max, er hat keine Flinten, und besser für uns, wir haben das Schießrohr im Haus. Versteckt's dort unter der Bank in der Hennersteigen. Um eine *leere* Steigen bückt sich kein Pandur.«

»Peter, Peter!« rief die Bäuerin mit einem warmen Blicke. »Wenn alles gut ausgeht – Ich hab' ein Gelöbnis 'tan.«

»Und darf man's net wissen? Es wär' halt ein Sporn.«

Loni schlug fromm die Augen nieder. »Ich hab' der Mutter Gottes von Maria Einsiedel einen neuen Mantel von Samt und Silber gelobt.«

Peter hatte ein anderes Gelöbnis erwartet. Doch entmutigt war er nicht. Wenn alles gut ausgeht, dachte er, krieg' ich zu Michaeli einen neuen Mantel mit lauter Silbergulden als Knöpf' und ein sauberes Weib dazu!

Er ging zunächst ins Dorf, heute wieder als weißhaariger und ungewaschener Franz. Aus Fürsorge für seine Maske trug er einen Regenschirm. Noch außerhalb des Dorfes begegnete Peter der ebenfalls beschirmten, hochgeschürzten Ratschkatl.

»Grüß Gott, Frau Hinterhuberin! Das Ausschaugen ist gut. Was gibt's Neu's bei Enk (Euch)? Ist's wahr, daß die Buabenrauber wieder im Dorf sind?«

»Pst! Pst! Das ist schon eine alte G'schicht'. Weiß Er denn das Neueste nicht? Heut' nacht haben s' im Lischerhof einbrechen wollen und den Stadel ankent. Aber der Förster vom Grafen hat die Rauber verjagt.«

»Ist's mögli! Beim Lisch, dem alten, braven Mann!«

»Dem alten Spitzbub'n woll'n wir sagen. Der Förster und seine G'hilfen haben die Leut' auf dem Hof g'weckt, und dann haben s' g'löscht.«

»Dös war gut.«

»Ja, die Stadeln und Stall', sechs Küh' und eine Sau sind dem Bauern verbrannt, aber das Haus, die alte Hütt'n, haben s' g'rett'.«

»Du liabe Zeit!«

»Einen von der Banda hat man g'fangt.«

Peter bekam Herzklopfen. »Wer werd's sein? G'wiß ein Pandur.«

»Dösmal net. Ein Soldat ist er auch, aber nach der Unefurm, sagen s', ein Franzos.«

»Hat er nix ausg'sagt?«

»Der? Wenn ihn die Hund' vom Förster halb zerrissen haben! Jetzt liegt er draußen im Siechenhäusel. Vor acht Wochen, meint der Bader, können s' ihn nit verhör'n, und wann die acht Wochen um sind, ist er lang' schon tot.«

›O Katl!‹ dachte Peter, ›du bist ein schiaches Frauenzimmer, aber grad busseln könnt' ich dich heut'.‹

»Was ich sagen will: die Bäurin wird heut' traurig sein, denn dösmal, sagen s', muß der Max dran glauben.«

»Sie wer'n doch net! Und dann ist der junge Bauer auch gar net daheim. Er ist gestern zu seiner Verwandtschaft in die Berg' g'reist.«

»Jesses, da sperren s' am End' die Bäurin ein!« – »So heiß werd's net 'gessen. In vierzehn Tag' ist der Bua wieder daheim.«

»Heut' in drei Tag' da haben s' ihn g'faßt, so sag' i! – Ja, und richt' Er der Bäurin einen schönen Gruß von mir aus, und ich werd' schon recht beten für Euch.«

»Dann kann's net schlecht gehn.«

»Er hat wohl einen b'sunderen Gang?«

»Na, nur für mi. Ich hab' seit gestern wieder mein altes Reißen in der rechten Hax'n, und da will ich zum Bader.«

»Was weiß denn der Bader! Halt' Er sich doch einen Krummschnabel in seiner Kammer! Dann kriegt der Vogel das Reißen, und Er werd's los.«

Sie verabschiedeten sich. »Ich hab' noch einen weiten Weg«, sagte Frau Hinterhuber geschäftig. »Die Pfaundlerbäurin liegt schwer krank. Da tun ihr ein paar Neuigkeiten gut. Ich laß bei Ihm daheim schön grüßen – die Jungfer Walpurg *ausgenommen!*«

Peter war mit dem Stand der Dinge zufrieden. Gut, gut! Also das Zwetschkenmandel, den Feldmochinger Franzosen haben s' g'fangt! Die Malefizhund' hab' ich schon lang' auf dem Strich und den Förster auch ... Aber dem andern g'schieht recht. Warum macht er mit uns lebfrischen Buab'n jede Gaudi mit. Dös g'hört sich für kein' alten Mann.

– – Peter ging einige Häuser weiter und bog dann in eine Gasse, in der man über den Kirchplatz weg gerade auf das Wirtshaus sah. Außer der Frau Hinterhuber begegnete er niemand. Auch an den Fenstern und auf den Lauben zeigte sich niemand. Aber im Torweg beim Wirt leuchtete ein roter Mantel. Ein baumlanger Pandur in voller Kriegsrüstung stand dort, offenbar als Wachtposten. Vor ihm auf dem pfützenreichen Platz hielt ein Rudel Gänse mit langgestreckten Hälsen und zornigem Geschnatter. Peter konnte das Kakakakahkak und Flügelschlagen deutlich hören, denn in Häusern und Höfen schien jede Arbeit zu ruhen. Doch es war keine sonntägliche, sondern rätselhafte, bängliche Stille.

Nach dem Wirtshaus hatte Peter heute kein Verlangen. Er trat bei dem Dorfbader ein, der in der Gasse seinen Laden hatte. Der Barbier und Heilkünstler zupfte, von zahllosen Stuben- und Schmeißfliegen umsummt und umbrummt, alte Leinwand zu Wundfäden. Er sah das trotz allem Ruß ihm wohlbekannte Gesicht im Wandspiegel und rief, ohne sich umzudrehen: »Ja, hast du gar net bang, daß dich der Teufel holt? Weißt nit, wer im Dorf ist? Ich hab' den Hauptmann g'sehn. Mit dem ist nicht gut Kirschen essen.«

»Was geht uns Alte der Hauptmann an?«

»Spaßvogel! – Sag, was willst? Den wüschten Bart lassen wir halt doch noch stehn?«

»Ja, er g'fallt mir selber zu gut. – Im Siechenhäusel, sagen s', liegt ein französischer Muschketier. Der hat dem Lischbauern das Haus ankent, und ihn haben die Försterhund' halb zerrissen. Ich hab' selber amal unter Vandomm als Muschketier 'dient. Am End' ist der Kerl ein alter Bekannter. Kann man ihn sehn?«

»Das laß dir vergehn. Nur die Auschtoritäten, ich und das G'richt, dürfen ins Häusel. Und was willst denn sehen? Das Manderl ist nur ein Häufel Verbandzeug, das nix red't und nix deut't.«

»Ja, ja, sie sagen, er zappelt zwischen Tod und Leben.«

»Für ihn ist's eins: verliert er – stirbt er; g'winnt er – werd er g'hängt. Morgen kommt der Medikus aus der Stadt. Dann halten wir einen Konzil. Ich sag', daß sie den Strick ersparen. Und paß auf, ich hab' recht.«

Peter kehrte heim. Er hatte die letzten Häuser hinter sich und schritt seelenvergnügt zwischen den Bäumen hin, die im Wind und Regen schwankten. Da, ein dumpfes Dröhnen! Von der nahen Landstraße bog ein Trupp im Takte marschierender Soldaten in die Dorfgasse. Nun ward es Peter doch bänglich ums Herz. Er machte seinen Schirm zu, zog die Schultern hoch und schlich hinkend an den Bäumen hin. Dann blieb er stehen, die Mütze in der Hand, ein demütig gebückter Alter.

Zwischen zwei Rotmänteln ging ein todbleicher junger Mensch in Bauerntracht. Peter kannte ihn wohl. Es war der Sohn der Pfaundlerbäuerin, der Kranken, zu der die Ratschkatl trösten ging. Hinterher schritten zwei Offiziere an der Spitze der Mannschaft, die Kapuzen übergezogen, mit beiden Händen quer den krummen Säbel haltend, den Kopf gegen den Regen etwas gebückt. Sie sahen mehr martialisch als militärisch aus; Häuptlinge wie Gemeine erinnerten an Zigeuner. Im Vorbeimarsch drehte jeder die Augen nach Peter. Einige in der Truppe kannten ihn von ihren nächtlichen Runden her. Die zogen eine lustige Fratze. ›Rumbidi bum!‹ brummten sie vor sich hin.

Peter war froh, als er die Rotmäntel im Rücken hatte. Die Hauben, sagte er bei sich, darf ich jetzt nit aufsetzen, sonst pappt's an. Wär' der Zug länger g'wesen, hätt's mir meinen ehrwürdigen Schädel abg'waschen! Er dachte an den armen Rekruten. Lieber würde es ihm gewesen sein, wenn sie statt des Pfaundler den Seebacher Max »arretiert« hätten. Ein böser Gedanke ...

»Bist den Rotmänteln begegnet?« fragte Apollonia den Ankömmling.

»Ja, mit dem Pfaundler Karl.«

»Erst waren s' beim Pfaundler und dann bei uns!«

»Kreuzmillionen –«

Es war die erste Feuerprobe gewesen. Die Frauen allein im Haus, und da kommen mehr als zwanzig Wildlinge angerückt, die gefürchteten Rotmäntel, und man weiß: jetzt heißt es lügen! Glücklicherweise hatte der Hauptmann gemessenen Befehl: Es wird junge Mannschaft ausgehoben, aber nicht geplündert und das Frauenzimmer respektiert. Und mit dem Hauptmann war, wie der Bader richtig ahnte, nicht gut Kirschen essen. Je nach den Umständen plünderte er mit oder hielt strenge Mannszucht. Im letzteren Fall besorgte er, wenn einer nicht gehorchte, die Arbeit des Profosen wie des Stockmeisters selbst.

Während die Soldaten Hof und Haus besetzten, wurde Apollonia vom Hauptmann verhört. Sein Leutnant, ein Deutschungar, machte den Dolmetsch. Sowie sie hörten, daß der Gesuchte nicht mehr da sei, wurde von der Mannschaft jeder Winkel durchsucht und das Unterste zu oberst gekehrt. Währenddem setzte der Hauptmann das Verhör fort. Nach jeder Antwort fluchte er in fünf Sprachen, von denen er allerdings nur seine Muttersprache, das Slowakische, gründlich kannte. Er blieb dabei: der Bursch fuhr gestern nicht zufällig zu Verwandten, sondern ist gefahren, weil er zufällig von der neuen Aushebung hörte. Wenn dieser Maximilian Seebacker sich binnen 48 Stunden nicht freiwillig stellt, wird er allen Behörden als fahnenflüchtig angezeigt und wird von allen Kirchenkanzeln vor seiner Aufnahme gewarnt. Er wird ausgeliefert, gerichtet, erschossen. Das sei so sicher, wie zweimal zwei vier.

»Aber wenn's derweilen Frieden wird?« wagte Walpurg zu fragen. Da rollte der Hauptmann die Augen und fluchte noch fürchterlicher als bisher. Was sie denn wollten? Lebten sie denn nicht im tiefsten Frieden? Bayern ist eine kaiserlich österreichische Provinz jetzt und in alle Ewigkeit.

Der Feldwebel meldete, daß der Rekrut unmöglich auf dem Hofe versteckt sein könne. So hieß denn der Hauptmann seine Leute antreten. Loni wurde nochmals verwarnt. Schafft sie in der angegebenen Frist den Mann nicht her, wird ihr Hab und Gut mit Beschlag belegt, und ihrem Sohn sind zehn Kugeln sicher. Man fangt ihn, stellt ihn an eine Wand – ›Gebt Feuer!‹ – Pum! – da liegt er – mausetot.

Der Hauptmann reckte sich, drehte seinen Schnauzbart hoch und verließ mit dröhnendem Schritt die Stube. Sein Leutnant folgte; doch in der Tür kehrte sich dieser noch einmal um und warf Walpurg ein Kußhändchen zu.

Spar deine Busseln für deine Landsmänninnen auf, murmelte Walpurg, du g'scheckter Hanswurst! – – Anstatt der Bäuerin Trost zu spenden, machte Peter zu ihren Mitteilungen eine bedenkliche Miene und meinte, wenn den Kaiserlichen so gar viel an der Ergreifung des jungen Seebacher gelegen sei, würde Loni am besten tun, ihren Sohn zur freiwilligen Rückkehr zu bewegen. Als kaiserlicher Soldat könne Max zehn Schlachten mitmachen und heil und gesund bleiben, doch wenn er als Flüchtling vor ein Kriegsgericht gestellt werde, seien ihm, wie der Hauptmann sagte, zehn, zwölf Löcher in der Haut sicher. Und erwischt würde er, denn viele Hunde seien eines Hasen Tod. Die Mutter schrie auf vor Schrecken, Walpurg dagegen entbrannte in hellem Zorn, denn sie besaß noch den schönen Glauben an den Sieg des Rechts. »Das rat'st du, und willst ein Patriot sein und bist selber ein Deserteur! Du bist doch den kaiserlichen Spürnasen entgangen, warum soll's der Vetter nit auch? Glaubst du, elendiger Loder, einen bessern Schutzengel zu haben als der brave Max?«

Der Raufbold machte ein pfiffiges Gesicht. »Ja, schon, ich bin halt nur ein armer Teifel und g'ringer Knecht, aber der Max hat eine reiche Hofbäurin zur Mutter, und sein Vater ist der starke Lorenz g'wesen, der Anno fünfe den Kaiserlichen wer weiß wie viele Soldaten verschlagen hat, bevor s' ihn selber nieder'knallt haben.«

»Der Peter hat recht«, jammerte die Bäuerin. »Dem armen Heiter, dem Max, geht sein Vader nach: sie werd'n kein' Ruh' geben, bis s' ihn haben. Peter, sag mir um Gottes willen: ist der Bua denn nit gut aufg'hoben dort, wo er ist?«

»Eine Wochen oder zwei wird's schon gehn. Aber wenn's so weiter pritscht, steigt die Isar. Dann kann ma' nimmer dazu, und er muß verhungern.«

»Sag mir, wo er ist«, rief Walpurg, »und ich bring' ihm alles, was er braucht.«

»Na, dos is nix für Frauensleut'. Es gibt nur einen, der ihm helfen und ihn derretten kann, und dös bin i!«

»Tu's, tu's, Peter«, bat die Mutter, »und – unser Herrgott hört mi! – Du sollst's net bereun!«

Peter sah seinen Weizen blühen. »Heut' nacht geh' ich zum Max. Dann heißt's für mi beten, denn i wag' mein Leben.«

Peter machte sich über das Mittagsmahl, das heute spät auf den Tisch kam, mit vollster Eßlust her; die Frauen nahmen kaum einen Bissen. Arbeit wurde keine getan; während Loni und Walpurg sich beredeten oder still für sich weinten und beteten, streckte sich Peter auf das Bett des Flüchtlings, das besser war als das seine, und stärkte sich für den nächtlichen Gang durch einen langen Schlaf. Da das Wetter schlecht blieb, dunkelte es früh. Als ob er gegen die Gefahren gefeit sei, seitdem sie auch dem Reichen, dem künftigen Herrn, drohten, machte sich Peter schon in der Dämmerstunde auf den Weg.

Auf mich verlohnt sich die Hatz nicht mehr, dachte er, jetzt sind s' hinter den bessern Leut'n her ... Wenn auf dem ersten Platz nicht gut sein war, stellte sich der eitle, aber schlaue Peter gern auf den zweiten.

Die Isar ging hoch.

Du hast den Teufel an die Wand g'malt, sagte er bei sich, als er die Furt hinter sich hatte, denn das Wasser war selbst da reißend und reichte Peter bis an die Hüften. Heut' mußt noch einmal z'ruck, aber dann net wieder!

»Wo ist der Seebacher?« war seine erste Frage in der Höhle.

»Erst hat er greint«, antwortete der Wildschütz, »jetzt flackt er da hinten auf der Streu und schlaft.« Leiser fuhr er fort: »Wie steht's? Der Franzos ist nimmer komma.«

»Die Hund' haben ihn 'packt, aber zum Glück auch halb aufg'fressen.« Ein dumpfes Murmeln drückte mehr Beifall als Beileid aus.

»Ich hab' nix g'hört und denkt als: die Hund', die Hund'! Also aussag'n kann er nit?«

»Vorläufi net.«

»Dann ist's ja guat. Taugt hat er eh' nix und war net mal ein richtiger Franzos.«

»Heut' friert mich a«, sagte Peter und warf sich neben dem Feuer auf die Erde.

»Hör mal«, schrie der Wilderer grob, »der neue Kamerad is mit leere Händ' komma; was bringst ihm mit?«

»Nix, aber dir einen Buckel voll Schläg', wenn du net anders mit mir red'st! Ohne mein Eisensteckerl hätt' mich die Isar bis Münka g'rissen.«

»Wann 's Wasser höher steigt«, meinte einer, »schwemmt's uns raus aus dem Loch.«

»Wann's Frieden werd«, sagte der Wildschütz, »müssen wir so wie so reisen. Mir ist ein bayrischer Scharwachter net lieber als ein Pandur. Zum Reisen braucht ma Geld. Der Lisch ist uns durch. Wer kimmt dran? Und der Seebacher muß mittun.«

»Red nit so laut«, wisperte Peter. »Freiwillig tut der net mit. Von dem heißt's auch:

> Springt a Glück dir in Weg,
> Und du packst net sein Schopf,
> Bist im Unglück verzagt:
> O du trauriger Tropf!«

»Dann schmeißt ihn in d' Isar! Wir san von anderem Holz. Zeig mir 's Haus und den Hof, und ich halt' das Glück beim Grips!«

»Net heut' und net morgen, aber bald sag' ich euch: wo! Und hungern und dursten sollt ihr derweilen nit. Wann's morgen Nacht wird, schickt mir zwei Mann auf unsern Hof. Ich werd' auf sie warten. Aber den

Wilderer mag ich net. Er ist ein Ruach. – Und jetzt werd' ich mit unserm verzagten Buaberl reden.«

Peter rüttelte den Schläfer wach und erzählte ihm ein Langes und Breites von dem militärischen Besuch auf dem Hofe. »Siehst jetzt die Wohltat ein, daß ich dir das Winkerl da 'zeigt hab'?«

»Mi friert.«

»Ja, da mußt dich halt zu den Kam'raden ans Feuer setzen. Komm, wir wollen uns was Lustiges erzählen!«

Am andern Morgen kam Sepp heim. Der Lehrer wartete im Hause seines Bruders dessen Rückkehr aus Miesbach ab. Den treuen Knecht duldete es nicht in der Ferne. Der Wolf ist im Stall! Heim! Heim! Triefend und keuchend langte er an. Obwohl ihm der Magen knurrte, trug er den Brotlaib, den ihm die Schwägerin mitgegeben, noch unberührt im Lederranzen. Und die eigene Notdurft war vergessen, als er schon von weitem das Gebrüll seiner Ochsen hörte. Die armen Viecher haben Durst! Die Frauensleut' haben den Kopf verloren, aber wozu ist denn der Peter da?!

Peter war in der Küche bei den Frauen. Die Bäuerin saß, die Augen verweint, die gerungenen Hände im Schoß, am Herd. Walpurg hatte auch verweinte Augen, aber sie schälte, mit dem Rücken gegen die beiden gekehrt, für das Mittagsmahl Birnen.

»Gut aufg'hoben ist er, und kreuzfidel war er gestern nacht.«

»Dös glaub' i net«, versetzte Walpurg, ohne sich umzudrehen.

»O mei, o mei!« sagte Loni, »die jungen Leut' sind halt so.«

»Und er laßt die Frau Mutter recht schön bitten: wenn er heut' nacht ein Paar Kameraden schickt –«

»Was ich hab', g'hört ihm! Aber uns kannst es verraten, wo er ist.«

»Das darf ich net. Aber er ist dort sicher, wie in Abrahams Schoß und unter lauter Patrioten.«

Die Patrioten heut' nacht seh' ich mir an, dachte Walpurg.

»Und im Dorf bist auch schon g'wesen.«

»Man muß halt an alles denken. Es ist alles beim Alten. Die Rotmäntel laufen wie die Mäus' im Dorf umeinand', und vom Friedmachen ist keine Red' mehr.« Walpurg kehrte sich um. »Das ist net wahr. Heut' früh hat ein Schaarenschleifer vorg'sprochen, der ist aus der Stadt komma, und der hat mir verzählt: In München sind's ganz rebellisch vor Freud', denn der Fried'n ist ausg'macht bis auf das Punktum und Streusand drauf. Und unser Kurfürst ist schon unterwegs.«

»D' Scherenschleifer sind die größten Lugenbeutel auf der Welt«, rief Peter, und das Blut stieg ihm ins Gesicht. »Und was man gern hört, dös glaubt ma freili gern. – Ja, Seppel, wie schaust denn du aus?« Der arme Mensch kam aus dem Stall herein. »Schaamst dich net? Habn s' dich von Holzkirchen an die Fuß' her 'zog'n?«

»Ja, Sepp, bist schon da! Wie ist's 'gangen?«

»Guat 'gangen ist's«, antwortete Sepp, ohne die Augen von Peter zu verwenden. »Aber das kranke Blümel muß sein Trankel kriag'n. Und da muß mir der Peter helfen.«

Der andere folgte dem Mahner verdrießlich in den Stall. »Ich trau' dem Peter net.« sagte Walpurg voll Eifer. »Ihn druckt was!«

Die Bäuerin glaubte zu wissen, was im Herzen des wilden Burschen vorging. »Was soll er denn haben?« fragte sie verlegen.

»Daß der Vetter lustig war, ist g'wiß verlogen. Aber dem Schaarenschleifer glaub' ich. So *freudi* sagt man keine Lug'! Noch die Wochen kommt der Fried' ins Land!«

Plötzlich kniete die Bäuerin vor dem Hausaltar und streckte die Hände zu dem Madonnenbild unter dem Kreuz. »Heilige Mutter Gottes, erweis' uns die Gnad'! Aber bald – bald! Sonst ist's für mich zu spät.«

Walpurg schaute scheu auf die Verzweifelte. Das Unglück hat die stolze Apollonia ganz verwandelt. Aber kehrt denn das Unglück zum erstenmal bei ihr ein? Hat sie nicht schon ein Kind begraben? Nicht ihren Mann auf so schreckliche Weise verloren? Und doch nach dieser harten Schule so völlig fassungslos!?

Loni stand auf. Sie las die Verwunderung in den Augen des Mädchens und versuchte eine Ausrede.

»Du hast mich mit deinem Verdacht gegen Peter ganz verstört. Wenn er's nit gut mit uns meint, was soll aus uns werd'n! Er ist ja unsere einzigste Hilf'.«

»Die Frau Tant' hat ihm früher doch selber net 'traut!«

»Warum soll sich ein Mensch nit bessern können? Ist er nit arbeitsam? Hat er, seit er bei uns ist, auch nur ein einzig's Mal g'rauft? – Und die Mädeln«, setzte sie stockend hinzu, »die Mädeln laßt er auch in Ruh'! Na, na, Walpurg, so darfst du net von ihm reden. Nimm mir meinen letzten Glauben net! Ein liederlich's Frücht'l ist er freili g'wesen, aber uns ist er treu.«

Sie setzte sich auf ihren Platz am Herd und starrte in Gedanken vor sich hin. Dann sagte sie – und es klang wunderlich nach ihrem leidenschaftlichen Ausbruch vor dem Kreuz:

»Wenn doch die Ratschkatl kommen möcht'!«

»Die lügt auch«, versetzte Walpurg trocken. Sie warf einen Blick durchs Fenster. »Das Blümel ist störrisch. Die gibt dem Peter zu tun. Ich lauf' g'schwind ins Dorf. Der Regen hat aufg'hört. Da werden doch Leut' auf der Straßen sein. Vielleicht kann ich was erfahren.«

»Ich bitt' dich um Gottes willen, geh net fort! Ich darf net – ich will net allein bleiben!«

Es war das erstemal, daß die Bäuerin ihre Verwandte um etwas bat. Wie unglücklich und verlassen mußte sich die Frau fühlen! Walpurgs dankbares Herz schlug der Leidenden wieder entgegen. Das Geständnis lag ihr auf den Lippen: Ich sorg' mich und leid' um Max wie du – ich hab' ihn lieber als alles auf der Welt! Gib uns deinen Segen! Und wie's kommen mag: Du bleibst meine Mutter und ich dein Kind!

Da klatschte eine Peitsche. Sepp trieb die Ochsen aus dem Stall. Die Bäuerin trat ans Fenster, und ihre Gedanken nahmen eine andere Richtung. Loni sah das Feld, das heut' geackert wird, sah Stück für Stück ihr ganzes Gelände, als ob es vor ihren Augen läge.

»Ich bin nit die einzige, die Unglück hat«, sprach sie, als sie wieder am Herde saß. »Andre Leut' trifft's auch. Was fangt die Pfaundlerbäurin jetzt ohne ihren Karl an? Heut' nacht hab' ich von dem armen Buab'n träumt und ihn als Hochzeiter g'sehn. Das bedeut' nix Gut's. Wenn der Pfaundler Karl im Feld umkommt, erbt seine Schwester, die Resi, den ganzen Hof. Das wär' was für meinen Max.«

Peter hatte die Frauen belogen. Als er früh ins Dorf ging, hörte er zuerst vom Bader, dann auf dem Kirchplatz von vielen, daß der Frieden gesichert sei. Der Pandurenhauptmann sei zwar mit einem halben Dutzend Rekruten nach München marschiert, aber dort werde man die armen Teufel wieder laufen lassen. Ein paar Rotmäntel, die vom Trupp des Hauptmanns zurückgeblieben waren, standen beim Wirt im Torweg, doch flößten sie niemand mehr Furcht ein. Morgen, hieß es, schicken wir sie ihrem Hauptmann nach.

Peter teilte nicht die allgemeine Freude. Wenn für den Sohn des Hauses keine Gefahr mehr besteht, ist Peter nicht mehr der Schutzgeist, sondern wieder der simple Knecht auf dem Hofe, und auch die Teilnahme für ihn als Flüchtling und Verfolgten hört mit dem Einzug der alten Ordnung auf. Wenn nicht ihr Herz widerspricht, kann die Bäuerin dem Raufbold morgen das Gastrecht kündigen.

Ein schneidiger Bursch, ermutigte sich Peter, wirft die Flinten nit ins Korn. Die Frauen sind g'scheiter, aber auch dreister als die Dirndeln. Und die Bäuerin hat mi gern, soviel is g'wiß!

Mittags waren nur die Männer eßlustig, und Peter allein gesprächig. Er hatte der Bäuerin eine Nachricht von ihrem Sohn verheißen, die Walpurg nicht hören dürfe. Loni wollte ihn im Hausgärtchen erwarten, denn die Sonne schien wieder vom blauen Himmel. Der Ort deuchte Peter von guter Vorbedeutung. Dort hat's angefangen, dort führen wir's zu End'!

»Jetzt steckt der Pfaundler Karl schon im kaiserlichen Rock«, sagte er nach der Stillung des ersten Hungers, »und morgen muß er über die Grenz'. Wenn der meinen Anhenker hätt', wär' ihm wohler.«

Auf Apollonias Frage erzählte Peter, daß sein Anhenker (Halsgeschmeide) eine Kugel sei, die er im Geklüft am Achensee einem erschossenen Wilderer ausgeschnitten habe. Wenn man eine Kugel einem Toten auszieht und sich anhängt, ist man kugelfest. »Im Etschtal«, prahlte er, »haben die Kugeln um mich 'pfiffen, daß mir heut' noch die Ohren sausen, aber mich hat keine 'troffen. Was schaust so schiech auf mich, Seppel? Glaubst ebba, ich hätt' nur Schneid', weil ich das Kugerl bei mir trag'? Ich hab' in Tirol in der heiligen Nacht Blutkugeln 'gossen. Auf einem Kreuzweg war's. Da hab' ich Geister und Hexen g'sehen, und das wilde G'jaid ist über mir hinbraust. Und ich bin fest und aufrecht g'standen wie ein Baam und hab' net mit der Wimper 'zuckt. Für meine Freund' geh' ich durchs Feuer, aber wer mich gift't, mach 's Kreuz über sich. Das merk dir, Seppel, und schau mich nimmer mit solche Augen an!«

Sepp erwiderte nichts, sondern tauchte mit steifem Arm den Löffel in die Schüssel.

»Er ist ein schrecklicher Mensch«, sagte Walpurg, als sie mit der Bäuerin allein war.

»Aber er fangt den Teufel auf der freien Weid'!« erwiderte diese. »Und hast net g'hört? Für den Max gang' er durchs Feuer.«

»Ich trau' ihm nit.«

Loni schoß einen bösen Blick auf die Warnerin. Dann ging sie in der Stube hin und her, trat vor das Kreuz, seufzte und wandte sich wieder zu Walpurg: »Mir ist der Kopf ganz wirr. Ich will ein bissel an die frische Luft. Wenn mir besser ist, komm ich zu dir in die Kuchel.«

Im Hausgärtchen wartete schon Peter. Er hatte sich gewaschen und sah frisch und jung aus.

»Was hast mir zu sagen?«

»Der Max hat mir einen schönen Gruß an seinen Schatz auftragen, und da wollt' ich dich fragen, ob ich's ausrichten soll oder net?«

Die Bäuerin machte große Augen. »An sein' Schatz – ja, wer soll denn das sein?« Dann rief sie schneidend: »Ah – die Walpurg!«

»Ja. Wundert's dich so? Sie ist ein fein's Dirndl, fürs Land schier zu fein.«

»Und hinterrucks! O die falsche Katz'! Recht 'traut hab' ich ihr nie. Und der Max, der Lapp, glaubt, ich gäb' das zu!? – Na, na, Jungfer Burgel, morgen gehn wir um ein Haus weiter!«

»Der Max hat bei seinem Seelenheil g'schworen, er laßt net von ihr.«

»Er muß!« versetzte Loni hart. »Von ihr könnt' ma sing'n: An hölzern Dukat'n – A lärchene Kuah – Gibt mir mei Vater – Wann i heiraten tua. – Die Schwiegertochter im Haus, und die Stuben voll Kinder – das könnt' mir so g'fallen.«

»Wirst halt doch nachgeben müssen! Auf den Hof g'hört ein Bauer. Der Max!? Aber die rechte Schneid' hat der no net. Und werd er mündig, heirat' er sein Madel. Dann ist *sie* die Bäurin. Ich weiß dir halt nur einen Rat: du bist ja selber noch lebfrisch und a schön's Weib. Gib dem Hof an andern Bauern als den verliebten Buab'n!«

»Am End' denkst gar an di!«

»Und warum nit? Wenn der Max ein armes Dirndel heirat', tut er sich schad'n. Was anders ist's: wenn du mi zum Bauer machst. Ich bin ein Mannsbild, hab' zwei starke Arm' und halt' die Leut' im Reschpekt.«

»Im Reschpekt sag'n wir lieber net. Vor einem Loder wie du hat ma Angst, aber kein' Reschpekt.«

»So hart sollst mit mir nit reden! Ich hab' g'arbeit' auf deinem Hof für drei. Ohne mich hätt'n dir die Pandur'n schon das letzte Stuck weg'tragen. Wenn ich deinen Buab'n verrat', komm i selber zu Gnad'n und krieg noch ein' Haufen Geld dazu! Aber ich hilf ihm aus Lieb' zu dir. Und du bist mir guat! Da gibt's kein Laugnen! Wenn das Dunnerwetter am Sonntag dich net verschüchtert hätt', ständen wir heut' anders z'sammen. Dein Bussel hat dich noch mehr als dein G'sangel verrat'n. Und ich sag' dir's nur glei: Wer dich mir streiti macht, dem kost's sei Leben!«

»Mit G'walt richt' man bei mir nix aus! Bereden wir's in aller Ruh'! Ich bin eines Großbauern Kind. Für mich war's kein' Gnad', daß der reiche Seebacher Lorenz um mich ang'halten hat. Und der war ein kreuzbraver, ansehnlicher Mann, auf alle Fäll' der beste von der ganzen Pfarrei. Denk, was mein Bauer g'wesen ist, und wer bist *du*!?«

»Und doch hast am letzten Lorenzitag an den Seligen net denkt! Gib's nur zu; ich hab' drauf 'paßt.«

»Warum soll ich laugnen? In der ewigen Angst und Not hab' ich dösmal auf die heilige Seelenmess' vergessen. Der Himmel hat mich schwer g'nug dafür g'straft.«

»Loni, du halt'st mein Herz und meine Seel' in der Hand. Du hast mich zu einem braven Burschen g'macht. Von dir wegg'worfen – was liegt mir an Ehr' und Seligkeit, und was am Leb'n! Wohin ich schau', schau' ich nur di! Dein Busserl – ah! Da hab' ich g'wußt: Es kann nit auswer'n zwischen uns. Frag nöt dein' Stolz, frag nur dei Herz! Dei Herz sagt ja!«

Er ergriff ihre Hände. Loni entzog sie ihm nicht, aber hielt ihn mit ausgestreckten Armen von sich.

»Peter, wenn ich wüßt', daß du brav bleibst – Sag nix! Schwör nix! – In meinen Jahren red't der Verstand auch ein Wörtel mit. Ich hab's so kommen sehn und mich davor g'fürcht'. Und jetzt – ich bitt' dich: red nit weiter auf mich ein! – Nöt jetzt, nöt gleich! – In einer Stund' hol dir Bescheid!«

»Loni, mich bringt die Stund' um! Ein Busserl und –«

»Bäurin, die Walpurg tät' um den Kellerschlüssel bitten.« Wie aus dem Boden gewachsen, stand plötzlich Sepp vor ihnen und schreckte sie auseinander.

Loni nestelte mit zittriger Hand am Schlüsselbund.

»Da! Gib du ihr den Schlüssel, Peter, und sag – nein, sag nix! I will mir auch dös überlegen. Und du fahrst auf den Acker, der Sepp bleibt z' Haus!«

In Peter kochte die Wut über die Störung; er war versucht, sich auf den Störenfried zu stürzen, aber bezähmte sich.

»In einer Stund' bin ich wieder da herin ... In einer Stund'!«

Indem er mit schweren Schritten fortging, stolperte er über die Dachrinne, die noch vom letzten Unwetter her im Wege lag.

Loni war bleich, »Du hast g'horcht«, wandte sie sich an Sepp. Er schüttelte traurig den Kopf.

»Nöt g'horcht, aber –« Er hob flehend die Hände. »Bäurin, i bitt' di um Gottes und aller Heiligen willen, trau dem Peter nit! Er is a schlechter Mensch! Er hat –«

Loni beherrschte sich nicht mehr. Sie faßte den Knecht an den Schultern und schüttelte ihn. »Du hast g'horcht! Ah, du und die Walpurg! Ah, so weit ist's mit mir noch net, daß mir ein Tepp sein' Rat geben darf! Drum merk dir's: Noch oa Wort gegen den Peter, und du fliegst aus 'm Haus und kannst im Dorf die Bettelsupp'n essen! Marsch, in' Stall und ang'schirrt!«

Tepp, Narr, verrückter Seppel – der Arme war die traurigen Namen gewohnt, doch heute traf ihn das böse Wort der Bäuerin wie eine Kugel. Erdfahl, mit schmerzverzerrten Zügen, sah er auf die unbarmherzige, selbst so erbarmenswerte, verblendete Frau. Seine Lippen bewegten sich, doch brachte er keinen Ton hervor. Noch einmal faltete er die Hände, dann schlich er davon.

Während er sich dem Haus entlang drückte, kreuzten sich die Gedanken in seinem Gehirn. Es darf nicht sein: der Raufpeter als Bauer auf dem Seebacher Hof, der Mordbrenner im Ehebett des seligen Lorenz – es darf nicht sein!

Was soll er tun? Die Bäuerin hört ihn nicht an. Der Peter hat sie verhext. Wer Blutkugeln gießt, kann auch Zaubertrankeln brauen. Sucht Sepp im Dorfe Rat und Hilfe? Wer achtet drauf, was der verruckte Seppel, der Narr, der *Tepp* sagt! Und wer wagt sich an den Raufpeter? Der Pfarrer ist ein alter, furchtsamer Mann.

Soll er den Panduren den Peter verraten? Das nicht, nur das nicht! Mit den Bauernschindern, dem Landesfeind, den Mördern des Lorenz macht er keine gemeinschaftliche Sach'.

Sepp bog sich spähend um die Hausecke.

Wenn er dem Unhold jetzt in den Weg kommt, wird er krumm und lahm geschlagen, und das Unglück hat seinen Lauf, und alles ist verloren.

Nur heut' noch, heut' noch aufrecht und bei hellem Verstand! Er muß die Ehr' vom Seebacher Hof, das Andenken seines Herrn und Wohltäters retten!

Der Hof lag still im heißen Sonnenschein, aber im Stall rumorte der Wildling. Sepp hörte ihn fluchen und auf die armen Tiere schlagen.

Da trat Walpurg mit einem Futternapf aus dem Hause. Die Walpurg! Sepps Augen erglänzten. Das Dirndel vermag nicht zu helfen, aber Walpurgs Vater, der ehrliche Mann, der Soldat, der ist der Freund in der Not! Horch! – in Talkirchen läuten sie Mittag. Walpurg stellte den Napf auf die Erde, faltete die Hände und blickte in stillem Gebet vor sich hin. Sepp bekreuzte sich auch, aber dann schlich er geduckt die Scheune entlang, schoß aus dem Tor und lief in der Richtung nach München zu.

Loni ließ sich auf die Bank fallen. Der Sepp, dieses G'spenst im Haus, und die Walpurg, die falsche Dirn', müssen fort! Und nimmt der Max keine Vernunft an, fort! Der Peter hat recht: noch bin ich lebfrisch und kann mich freun. Alles hört einmal auf und die Trauer auch ... Lang' genug hat sie gesorgt und bedacht, »was die Leut' dazu sagen«, und ist dabei von Jahr zu Jahr trübseliger geworden. Es ist was Schönes um die gute Meinung, aber sie macht ein einsames Alter nicht schöner. Und wenn die ganze Nachbarschaft über sie schreit, auf dem Münchener Schrannenplatz gilt nicht die beste Meinung, sondern der beste Weizen. Der Peter ist ja freilich ein Wilder, aber gegen sie ist er zahm. Und sie freut's, wenn er lustig ist, und er gefällt ihr im Zorn. Nicht jeder sagt's, doch jeder denkt's: zuerst komm' Ich! Für die Walpurg, den »Stadtfratzen«, hat sie nicht gearbeitet, gezahlt und gespart!

Die Hauptsach' ist: sie will nicht mehr Witib bleiben, und weil ihr das Herz bei keinem andern klopft als beim Peter, so mag er in einem Stünderl kommen oder früher: sie ist um ihre Antwort nicht mehr verlegen.

Loni horchte auf, als das Gespann den Hof verließ. Peter ließ im Wald die Peitsche knallen. Es klang wie Gewehrfeuer.

Wenn er heimkommt – – Wieder versank Loni in tiefes Sinnen. Ganz ließ sich die Vernunft mit ihren Einwänden gegen das Bündnis nicht zum Schweigen bringen. Wenn sich Loni tapfer und fest glaubte, beschlichen sie immer aufs neue bange Zweifel.

Ein Mann kletterte über die Ringmauer und sprang in den Garten. Die Bäuerin sah und hörte nichts, bis der Mann vor ihr stand und sie ansprach:

»Mutter!«

»Jesus, Maria und Josef! Der Schrecken! Du!«

Max war naß, schmutzig, verwildert. Der Bäuerin tat das Herz weh bei seinem Anblick; jetzt war sie nur noch die besorgte Mutter.

Max blickte scheu aufs Haus und fragte nach Peter.

»Der Peter ist auf dem Feld.«

»Und Walpurg?«

»Was fragst nach der? Reiß mich aus der Angst! Warum bist am hellichten Tag von deinen Kameraden fort?«

»Mutter! Lieber tot auf dem Rasen, als lebendig mit der Kameradschaft!«

»Aber du hast doch selber –«

»Ja, ich kenn' sie schon lang', und mir hat schon lang' vor ihnen 'graust. Die Not hat mich 'trieben. Aber hätt' ich g'wußt, was ich heut' von ihnen weiß – mit Peter und seinen Brüderln, oder mit den Rotmänteln ist eins. In einer Gruben an der Isar sind's zu Haus. Beim roten Kreuz, wo's durch den Wald nach Sauerlach geht, kommt ma auf einem hoamlichen Steig 'runter; naher hat man's von uns gradwegs durchs Holz, aber da muß ma' durch ein Wasser. Und jetzt paß auf: Im vorigen Jahr sind zwischen Talkirchen und Sauerlach drei Bauernhöf' niederbrennt. Heuer am Josefitag ist beim Kogelmüller einbrochen und ein Knecht derstochen worden. Panduren, hat man g'sagt. Vorgestern haben s' dem Lisch Stall und Stadel ankent. Verlaufene Franzosen, heißt's. Es ist net wahr! Die Brandstifter, Räuber, Mörder sind allemal die Brüderln in der Gruben g'wesen, und der Hauptteufel, der sie anstift' und führt, ist unser Peter, der Raufpeter. Gelt, da derschrickst! – Einer davon, der Wilderer-Hansi, hat gestern, wer weiß wo, ein Fasset Branntwein g'stohlen. Da haben s' 'zecht bis zum hellen Tag und mir im Rausch alles verraten und haarkloan erzählt. Heut' flackt ein jeder, wo er im

Rausch hintorkelt ist, und schnarcht. Und da bin ich auf und davon! ... Was is, Mutter? Dir werd net gut ...«

Als ungestümer Freier kehrte Peter schon vor Ablauf der Stunde in das Gehöft zurück. Er ließ die Peitsche knallen, Sepp erschien nicht. Da Peter überzeugt war, von der Hausfrau beobachtet zu sein, faßte er sich in Geduld, entschirrte das Gespann und trieb die Tiere in den Stall.

Nun schritt er über den sonnigen Platz zum Hause.

»Halt!«

Peter blickte auf. An einem offenen Fenster im ersten Stock stand der junge Bauer.

»Sakerdi, hast dich hertraut, Maxel!? Na, gut Freund! Mach keine Faxen!«

»Steh! Für Leut' im Unglück, laßt dir die Mutter sagen, ist der Seebacher Hof alleweil offen, aber für Mordbrenner ist unser Haus kein' Herberg' net! Mordbrenner, verstehst! Im Pack auf der Bank ist deine Sach' und dein Lohn. Nimm's und schau, daß du weiter kommst!«

Wütend sprang Peter zur Scheune, hob eine schwere Deichsel, als wär's eine Hopfenstange, und wollte damit gegen die verschlossene Tür. Doch da blinkte droben der Gewehrlauf.

»Steh, oder ich schieß'! Geh gutwillig! Wir haben uns nit zu fürchten, aber du. Denn was du weißt, wissen wir jetzt auch. Die Walpurg ist im Dorf g'wesen: die Pandurenwirtschaft hat ein End', und unser Kurfürst ist wieder Herr im Land.«

»Ein Narr, der's glaubt! Mein' Sach' lass' ich da, denn ich komm' wieder. Und der Bäuerin sag: So gut hat mir ihr Bussel g'schmeckt – wenn ich net mehr mir hol', soll mich der Teufel lebendig holen!«

Je mehr sich Sepp der Hauptstadt näherte, desto häufiger mußte er durch Schwärme von Fußgängern hindurch und wurde selbst von Fuhrwerken überholt. Er schaute und horchte weder nach rechts noch links, wand sich eilig durch die Menge und begann auf menschenleeren Strecken wieder zu laufen. Von den Türmen der Frauenkirche hingen zwei weiß-blaue Fahnen. Sepp versuchte keine Erklärung dieser seltenen Erscheinung, aber sein Mut richtete sich daran auf. Die Münchener sind brave Leut'. Die dulden nicht, daß der Hof des seligen Lorenz Seebacher ein Raubnest wird ... Schon vor dem Isartor bildeten Männer, Frauen und Kinder einen ununterbrochenen Pilgerzug. Und kein Mann von der verhaßten Torwache der Rotmäntel war sichtbar, ungehindert ergoß sich der harmlose Menschenstrom in die Stadt, in noch größeres und dichteres Gewoge. Alle Münchener schienen auf der Straße zu sein, denn es wimmelte in breiten und engen Gassen wie in einem Ameisenhaufen, und doch waren auch alle Fenster besetzt. Und jedes Haus war beflaggt und bekränzt, auch die schwärzeste Spelunke schien im Schmuck von frischem Tannicht und lichten Fähnlein die Stätte lebefreudiger Menschen zu sein. Und Freude war denn auch diese ungeheure Unrast, Freude der vieltausendstimmige, betäubende Lärm, Freude lag heut' auf den Gesichtern von jung und alt, von reich und arm! Freude!

Denn angebrochen war endlich für das Duldervolk der Sonnentag, der Lohn- und Ehrentag nach langem Martyrertum! Und wenn der Friede auch noch nicht amtlich verkündigt war, die Herzen waren seiner sicher. Jede Taube, die mit glänzenden Schwingen um den Giebel flatterte, war eine Friedenstaube, jeder weiß-blaue Wimpel eine Bürgschaft für den Frieden, das Gejohl und die Musik in den Schenken, wie das stille Gebet der Kirchgänger waren ein Preis des Friedens! Und die Sonne, die aus wolkenlosem Himmel auf die Feststadt scheint, sieht heute Max Emanuel und die Seinen schon aus vaterländischem Boden, leuchtet ihnen auf dem Heimatsweg!

Sepp war oft genug mit seinem Hofherrn nach München zu Markt gefahren. Er wußte noch Straße für Straße, die vom Torbogen unter dem Rathaus zur Wohnung des Invaliden führte. Das Gedränge und Gebrause verwirrten ihn nicht. Er gelangte ohne Umweg auf den Anger, der heute nicht so weltabgeschieden wie sonst, sondern auch bevölkert und laut wie ein Jahrmarkt war. Gottlieb Seebacher war daheim, aber nicht allein. Plinganser und Meindl, die Getreuesten der Treuen, waren bei ihm. Sie erinnerten sich des armen Trommlers von Sendling nicht mehr, aber Sepp erkannte die Führer von Anno fünf sofort wieder. Das Herz schlug ihm bis an den Hals.

Erst verworren, allmählich gefaßt und klar berichtete er das verbrecherische Treiben der Bande im Isarwinkel, und was dem Seebacher Hof von ihrem Schlimmsten, ihrem Berater und Anführer, dem Raufpeter, droht.

Der alte Gottlieb nahm seinen Säbel von der Wand.

»Ich muß nach Talkirchen.«

»Ich geh' mit dir«, rief Meindl, »aber erst aufs Amt. Wir müssen den Greuel anzeigen.«

»Bei wem?« fiel Plinganser ein. »Denk an das Drunter und Drüber in diesen Tagen! Wir haben das Gute so lang' erwartet, und jetzt bricht es doch unverhofft über uns herein. Wir haben wieder unsern alten Herrn und unser eignes Recht, aber noch sitzen Kaiserliche in Amt und Würden. Willst du ihnen auch den jungen Seebacher ans Messer liefern? Ein letzter Schachzug der Wiener Diplomaten kann die Friedensverkündigung verzögern. So lang' aber die Rösserln des Herolds und seiner Trumpeter noch im Stall sind, so lang' bleibt der Seebacher Max österreichischer Rekrut.«

»Du hast freilich recht, aber sollen wir warten, bis der letzte Krowat aus dem Tor und der Münchener Stadttrabant wieder beim Zeug ist?«

»Nein, denn nicht bloß Hab und Gut der Talkirchener Bauern, sondern die bayrische Ehr' müssen wir retten. Beim Bögner im Tal sitzen an die hundert Ingolstädter Studenten, die unsern Kurfürsten begrüßen wollen. Junges Blut, wie wir selber Anno fünfe waren. Das wallt und *wagt!*«

»Einverstanden, Herr Kandidat«, fiel Gottlieb ein, »aber wir Alten bleiben auch nicht z'ruck!«

– – Endlich war man beim Bräu im Tal. Im Torweg und Hof und in allen Stuben war ein fröhliches Gewühl von Stammgästen und Auswärtigen, von Bürgern und Bauern. Alle Stände waren vertreten, auch der Wehrstand. Viele von den verabschiedeten kurfürstlichen Soldaten, die sich in den Unglücksjahren schlecht und recht durchgeschlagen, hatten den Federhut und blauen Tressenrock wieder hervorgeholt und trugen sie trotz aller Mottenschäden und Moderflecken mit stolzer Freude. Alter Rock und alte Treu'. In einer großen Stube des Hinterhauses, wo in besseren Zeiten Hochzeitsschmäuse und Bürgerbälle abgehalten wurden, saß junges Volk, die Ingolstädter Studentenschaft mit Münchener Vettern und Freunden. »Plinganser! Meindl!« Das Paar wurde mit tosendem Jubel begrüßt, und die Studenten sangen das Liedchen, mit dem sie Plinganser bei seiner Rückkehr aus der Verbannung begrüßt hatten:

»Itzt Ingolstadt, lieb Städtchen,
Laß alle Trauer sein,

Der Meindl und Plinganser
Sind beide wieder dein!
Weißblaue Fahnen flattern,
Und hundert Pöller knattern,
Studenten und Philister
Sind heute wie Geschwister!
Plinganser, Plinganser kommt heim!«

Plinganser drückte diesem und jenem braven Jungen die Hand, dann bat er um Stille.

Silentium!

»Kommilitonen! Ingolstadt allezeit voran! – An Freund Meindl und mich ergeht ein Notschrei aus Talkirchen. Flüchtlinge haben dort an den Ufern der schönen, lichten Isar vor der Pandurenhorde einen Unterschlupf gefunden. Aber diese verwegenen und verworfenen Gesellen hausen nicht besser als der Landesfeind, werfen dem Bauern den Brand aufs Dach, plündern sein Haus und bedrohen sein Leben. Meindl und ich haben die Not und Versuchungen des Flüchtlingslebens selbst erfahren. Doch an unsern Händen klebt kein Blut Wehrloser; arm und ehrlich kommen wir aus der Verbannung heim. Gesetzloses Raubgesindel ist ein Fleck auf der Landesehr'! Den duldet kein tüchtiges Volk. Des Landesverrats zeih' ich jene Bande. Verbrecher dingfest machen ist der Braven Recht. Kommilitonen, ich schlage vor, wir heben, bevor unser Kurfürst heimkehrt, heut' noch den Fuchsbau aus. Hoch die Getreuen, nieder mit den falschen Patrioten!«

»Hoch Plinganser und Meindl! Nieder mit Ehrlosen! Hurra, hallo! Nach Talkirchen!«

Inzwischen hatte im Vorderhaus auch Gottlieb erfolgreich geworben: bedächtige Bürger und erprobte Soldaten schlossen sich dem Zug der Jugend an. Sepp ging an der Spitze. Jetzt schritt er im Takt, und obwohl er keine Trommel trug, horte er die dumpfen Wirbel wie damals bei dem Marsch auf Sendling ...

Beim Bögner im Tal waren die Räume, eben noch überfüllt, beinahe leer. »Was is?« fragte der Bräu einen weißhaarigen Schenkknecht. »Es heißt, Talkirchen brennt?«

»No net, aber bald, wenn s' die Mordbrenner und Raubmörder, die dort umeinanda laufen, nit einfangen. Und das wollen die jungen Leut',

Schad' ist's um das frische Bier, aber 'zahlt haben s' alles und recht haben s' a (auch)!«

Der Brauherr nickte. »Ich lass' den Hias hoamli einspannen. Es soll net heiß'n, der Bögner is net dabei g'wesen .... Aber sag der Bäurin nix!«

Auf halbem Wege zu den Freunden im Isarwinkel kehrte Raufpeter um. Die Ankunft des jungen Seebacher auf dem Hof machte ihn stutzig. Wenn der jetzt ins Dorf um Hilfe liefe!! Die Talkirchener sind langsam, aber möglich wär's doch, daß das Nest an der Isar belagert oder wenigstens bewacht würde, während Peter bei den Kameraden ist. Und dann ist's aus mit der Rach'! Er wird lieber sterben, als sich ergeben, aber die andern – Auch zu einem Handstreich am hellen Tag folgen sie ihm nicht. Ihn reizte von jeher mehr die Gefahr als der Gewinn; er ist der richtige Räuberhauptmann, der nicht Tod und Teufel fürchtet, die andern sind nur Spitzbuben.

Er muß warten, bis es dunkelt. Warten mit der sengenden Wut und fressenden Rachgier im Herzen!

Er riß sein Hemd auf und bohrte sich die Fingernägel in die Brust. So nah' am Ziel schmettert's ihn hinab! Der Friede verdirbt ihm alles, was Berechnung und Zufall so schön zurecht gelegt. Seine schwankenden Wünsche verwechselte er jetzt mit klaren Entschlüssen. Er hätte den Panduren den jungen Seebacher samt den Spießgenossen verraten. Da macht man Frieden in Wien! ... ›Du! Du!‹ knirschte er und schüttelte die Faust gegen den Himmel.

Aber ist es denn schon zu spät?

Ein Tropf, wer seine Sach' aufgibt, wenn nit alles so geht, wie er will! So lang' der Peter nit an Hand' und Fuß' ein Krüppel ist, so lang' ist nix verloren. Heut' heißt's: Feurio, Mordio!

Und er sah schon Wald und Himmel in der roten Lohe.

Mit sich einig, umging er den Hof und begab sich nach Talkirchen.

Im Dorf war's wieder so still, wie in der schlimmsten Zeit. Ein paar Bübchen spielten vor einem Bauernhaus mit einem hölzernen Rössel, das nur noch zwei Beine, aber vier Räder hatte. Beim Anblick Peters ließen die Kinder ihr Spielzeug im Stich und liefen schreiend ins Haus, so wild und verstört sah er aus. Peter drückte auf die Türklinke beim Bader. Die Tür war verschlossen.

Vor der offenen Kirche stand ein Häuflein Bauern, alle barhäuptig und horchend, die einen den Kopf seitlich geneigt, andere mit gestrecktem Hals. Als Peter über den leeren Platz ging, vernahm er die wohlbekannte Stimme des predigenden Pfarrers in der Kirche, sah auf einen Augenblick die Kerzenflämmchen im dämmerigen Hintergrund.

»Die Fratzen vorhin haben den Klaubauf g'merkt; ob die frommen Lampeln da drin wittern, daß der Wolf vorbei geht?«

Im Hausflur beim Wirt saßen ein paar Panduren an einem Bierfaß und würfelten; zwei andere, von kleinem Wuchs, aber verwegenem Aussehen, waren Zuschauer. Diese beiden waren Peter bekannt. Ich hab' Glück, dachte er, die zwei Wildkatzeln können Deutsch beinah' wie ich.

Er wurde von seinen Bekannten nicht eben warm empfangen. Die Spieler würfelten nach einem Blick auf Peter ruhig weiter. »Kommte zu fruh. Isse Predigt – nix Bier! Diese Bauerlimmel verfluchtige sein ibermutig seit heite fruh. Aber sinme noch nicht furt. Vier Mann mit vier Flintel, acht Pistol und vier Säbel fürchten sich nit. Macheme ganzes Dorf tot, wenn muxen.«

»Übelauf? Da passen wir z'sammen. Mich derreißt die Wut. Warum spielt's net auch?«

Der Soldat zeigte seine leeren Hosentaschen. »Hamme kein Moos. Isse Hundeleben. Bauer seiniger wird's erfahren. Isse noch nit heim?«

Die Spieler, in Streit geraten, brüllten und fluchten derartig, daß der Hofhund draußen rebellisch wurde und zu kläffen anfing.

»Gehn wir ins Hinterstübel«, sagte Peter zu seinen Bekannten. »Der Hausknecht laßt mit sich reden. Bier oder Schnaps – eins ist alleweil zu haben.«

Während der Zank der beiden Spieler fortdauerte, ließen sich die drei in einer kahlen Hinterstube nieder. Das Gebell des Hofhundes ging in ein Heulen und Winseln über. Das Tier, an der Kette zerrend, lief hin und her. »Der Thras hat mich g'merkt«, sagte Peter, »das Viech hat mich gern.« Und plötzlich war der Raufbold aufgeräumt und guter Dinge. Freigebig war er immer, und da außer dem zugänglichen Hausknecht niemand in der Wirtschaft war, gab es Bier und Branntwein die Fülle. Der Fensterladen war geschlossen, doch durch einen breiten Spalt brach der Sonnenschein herein, streifte am runden Tisch das blatternarbige, verkniffene Gesicht des einen Panduren und die kupferrote Habichtsnase des andern und setzte Peter ganz ins Helle. Das mehlbestaubte Kraushaar und der wirre Bart entstellten ihn nicht allein, die Leidenschaften, die seit einer Stunde in ihm wühlten und ihn marterten, verzerrten und alterten sein Gesicht. Er sah wie ein verzweifelter Spieler aus.

Erst hatte man gespaßt und gelacht, jetzt steckten sie die Köpfe zusammen und dämpften ihre Stimmen.

»Und ich sag' euch, er ist gestern auf dem Hof gewesen und ist heut' noch dort. Und wenn's mit dem Frieden seine Richtigkeit hat, könnt's abziehen wie ein begossener Pudel, und der junge Seebacher und jedes alte Weib und die Kinder im Dorf machen a lange Nasen hinter euch her!«

»Schießenme!«

»Das darfst nimmer. Heut' müßt's g'schehn, jetzt muß 's g'schehn, oder ihr seid die Petschierten!«

Der Blatternarbige kraute sich hinterm Ohr und blickte auf den Kameraden, der den Mund nur zum Trinken auftat. Dann sprach er bald ungarisch, bald tschechisch auf ihn ein.

Den Soldaten war nicht wohl in ihrer Haut. Ihr Hauptmann kam von München nicht zurück und sandte keine Ordonnanz. In der Stadt hatten auch sie die Friedensgerüchte gehört; die veränderte, die drohende Haltung der Dörfler erschien ihnen eine Bestätigung. Auf einem solchen Posten stille liegen, ist schwer.

»Isse Frieden, isse Konskription aus und Amen.«

»Frieden! – himmelherrgottsakra! Wir haben ihn noch net, und wenn ich Enk (euch) den Buab'n verrat', müßt's ihn fassen oder es seid's Hasenfuß', und ich pfeif auf die ganze Armee!«

»Und Mutter seiniges is reich?«

»In einem heimlichen Kastel unterm Hausaltar liegen die harten Taler – ein paar tausend g'wiß!«

»Dlazoci!« sagte der Gesprächige, »Toler«, der Ungar, und beider Augen funkelten.

»Und Bibi – Mädel isse schön?«

»Ein bildsaubres Dirndel! Eh' man ein Vaterunser bet't, ist alles g'schehn. Der Bua wird – Kinderg'spiel! – 'bunden, und 's Türl machen wir zu. Und das Haus und was drin ist, g'hört uns, bis Nacht werd. Und dann marsch mit dem Buab'n nach München! Und ich geh' mit, denn daß ihr's nur wißt, ich bin auch einer, den ihr g'jagt und net derwischt habt! Aber itzunder stell' ich mich freiwilli, denn wenn Fried' werd in Bayern – unter Schlafhauben mag i net leben. Gelt, da macht's Augen! Aber ich sag' euch: der Raufpeter ist mehr wert als zehn Seebacher!«

»Gehnme!«

»Und die zwei im Flez?«

Der Blatternarbige verleugnete aus Habgier seine Kameraden. Das seien Dickhäuter, zu einem kühnen Handstreich nicht zu brauchen. Und da sich zwischen den Spielern draußen eben wieder ein mörderischer Streit erhob, nahmen die drei ihren Weg durch das Fenster. Peter führte seine neuen »Brüderln« auf Feldwegen hinterm Dorf in den Wald.

In der Kirche war die Gemeinde beim Rosenkranz.

Nach dem Abzug Peters war im Seebacher Hause guter Rat teuer. Sepp ließ sich nicht blicken.

Wenn Max ins Dorf ginge, um Hilfe anzurufen, fürchteten die Frauen, daß ihn Peter überfalle, Max hinwieder wollte die Frauen nicht allein lassen. Ebensowenig gab er einen zweiten Gang Walpurgs zu. Brachen sie gemeinsam auf, war ein Überfall nicht ausgeschlossen oder dem Wüterich der Hof preisgegeben.

»Da sieht man, wie weltverlassen wir da außen sind«, jammerte Loni. »Auf dem Hof liegt das Unglück. Sobald 's Frieden werd, verkaufen wir ihn und ziehn nach Talkirchen.«

»Den Seebacher Hof! Mutter, wo denkst du hin! Net um ein G'schloß! Es wird alles gut ausgehn, und die Welt wird wieder friedli und schön sein. Und dann heirat' ich mein Schatzerl –«

»Ich bitt' dich um Gottes willen! Red mir jetzt nix von Liebschaften! Bet'n wir! – Ich hab's Zittern noch in allen Gliedern. Heiliger Christus, wenn nur der Sepp käm'!«

»Vielleicht ist er in der Gruben. Er halt's mit dem Peter.«

»Glaub dös net! Du tust dem armen Hascher unrecht. Mit aufg'hobenen Händ' hat er mich heut' – Jesses, da kimmt der Peter wieder!«

Max konnte die Mutter beruhigen – sie waren jetzt in der Wohnstube – weder Freund noch Feind zeigte sich.

Zwei bange Stunden vergingen; für das Liebespaar freilich hatten auch sie ihre Seligkeit.

»Was läuten s' denn in Talkirchen?« brach die Bäuerin ein langes Schweigen. »Jetzt ist doch kein Rosenkranz net?«

»O ja! Ich hab's ganz vergessen zu sagen. Wie ich im Dorf war –«

»Pst! Pst!« Max wandte sich vom Fenster ab zu den Frauen. Er war kreideweiß. »Einer schleicht am Stadel hin zum Tor – ein Rotmantel – er muß hinten über die Mauer sein – der kommt net allein! – Er macht 's Tor zu –«

Apollonia brach in die Knie. Ihr Sohn zog sie empor. »Jetzt in die Kuchel – die Gitter am Fenster und die Türen san fest!« Er drängte die Frauen vor sich her in die Küche und verriegelte hinter sich die Tür.

»Wann's nur Rotmäntel san – all's geb' i her, mei Gut und mei Geld!«

Da zitterte das Haus von einem gewaltigen Stoß gegen die Haustür.

»Das is der Raufpeter!! Mutter! Die Walpurg und ich – gib uns deinen Segen – jetzt geht's um Tod und Leben!«

»Gott verzeih' uns unsre Sünden! Gott erhalt' uns einander, meine Kinder!«

Sie sanken sich in die Arme, dann stellte sich Max vor die Frauen in den Hintergrund am Herd und hob sein Gewehr. »Max!« sprach eine Stimme hinter ihm, »es gibt nix anderes: mit dir leben, oder mit dir sterben!«

Einem zweiten Stoß folgte ein dritter, und die Haustür ging in Trümmer. Max stand schußbereit, Walpurg, in der Rechten ein Beil, trat rasch neben ihn, während die Bäuerin mit starren Augen, wie von Sinnen, immer: »Jesus, Maria und Josef! Jesus, Maria und Josef!« stammelte.

»Isse kaiserliche Kummission!« rief eine Stimme im Flur. »Aufg'macht!«

»Ergib di!« tönte Peters heisere Stimme.

»Schuft elendiger!« antwortete Max. »Hast vergessen: liaber boarisch sterben, als kaiserlich verderben! Lebendig sollt's mi net kriag'n. Aber vor mir werd ein andrer hin. Komm eini, du Lump, und i schieß'.«

»Spatzen magst schießen, aber net mi.« Und mit einem Fußtritt sprengte der Raufbold die Tür. Seebacher drückte los, doch der Flintstein versagte. Im nächsten Augenblick stürzte sich Peter auf ihn, Max fiel rückwärts und das Gewehr entsank ihm. Aber im Sturz riß der Jüngere den Raufbold mit sich und gewann mit der Kraft der Verzweiflung auf eine Sekunde die Oberhand. Dann schäumend, brüllend vor Wut packte ihn Peter mit dem linken Arm, schleuderte ihn zur Seite, zog mit der Rechten blitzschnell sein Messer – da krachte ein Schuß, und der Raufbold, in die Schläfe getroffen, brach mit einem Schrei auf dem Leibe seines Gegners zusammen.

Als Max stürzte, hatte Walpurg das Beil fallen lassen und das Gewehr ergriffen; sie springt auf den Herd, legt an und schießt im entscheidenden Augenblick.

Jetzt erst, nach dem Schutz, erschienen die Rotmäntel auf dem Schauplatz; sie hatten das »Kinderg'spiel« dem neuen Kameraden überlassen, und sowie die zweite Tür einbrach, mit genauer Lokalkenntnis die Wohnstube geöffnet und sich über den Hausaltar hergemacht. Noch war die Küche voll Pulverdampf, noch waren sie unschlüssig, als ein hundertstimmiges Geschrei im Hof, im Flur sie erschreckte.

Sepp, Gottlieb, Meindl stürzten herein, ihnen nach Alte und Junge. Im Nu waren die Räuber auf dem Boden, entwaffnet und gebunden.

Während die Bäuerin rasch sich erholte und die Glückwünsche der Männer, die immerhin als Retter erschienen waren, mit bescheidenem »Gott vergelt's Ihnen!« erwiderte, hing jetzt Walpurg, über ihre Tat erschüttert, ja entsetzt, in Weinkrämpfen an Maxens Brust. »Ich dank dir mein Leben«, sagte Max innig.

»Ich glaub' schon, daß es hat sein müssen, aber den Knall werd' ich zeitlebens hören und den schrecklichen Menschen, wie er hing'fallen is, nimmer vergessen!«

»Aber Burgel«, tröstete ihr Vater, »wenn wir Soldaten lebenslang an die Schlachtfelder und unsre Arbeit dort denken müßten! Warum soll denn ein Mädel net kuraschiert sein? Jetzt bist erst recht mein Herzkäferl!«

»Du hast's aus Notwehr 'tan!« sagte Meindl. »Weder ein Richter, noch irgend ein anderer Mensch wird dir unrecht geben. Es ging um eines Ehrlichen Leben und um deine Ehr'!«

»Das schon, aber besser wär's halt doch g'wesen, wenn der Vater früher kommen wär'!«

»Nit grübeln, wir wollen Gott dafür danken, wie's kommen ist – und den braven Sepp nit vergessen!«

Sepp kniete an der Leiche, deren Kopf und Brust man mit einem Tuch bedeckt hatte. Und jetzt warf sich Walpurg an der Seite des

Treuen nieder und betete für die Seele des ungetreuen Knechtes, den ihre Hand gerichtet hatte. Dann ließ sie sich ins Freie führen.

Inzwischen war der Arzt, der im Talkirchener Siechenhaus den falschen Franzosen behandelte, angekommen, und ein flinkes Bürschlein kam mit der Nachricht vom Isarwinkel, daß sich die Bande ohne Widerstand Plinganser und den Seinen ergeben hätte, und der Zug mit den Gefangenen bald eintreffen werde.

Über allem dem war der Abend angebrochen, und der Himmel leuchtete in Gold und Purpur. Da zitterte ein tiefer Ton – wie die tiefste Note einer mächtigen Orgel – durch die Luft. Den Ton kannte jeder Münchener: die Bennoglocke! Alsbald fielen andere Glocken, tiefe und helle, ein: von der Stadt her hallte festlich, feierlich der Hymnus. – »O Freunde, horcht, horcht!« schrie Meindl. »Dies Geläut –«

Da donnerte dumpf ein Kanonenschuß. »Der Frieden ist verkündigt!« Alle warfen sich auf die Knie.

Aber dann unermeßlicher Jubel! Auch in Talkirchen begannen die Glocken zu läuten, Böllerschüsse knallten, und das Freudengeschrei der Bevölkerung mischte sich in den Lüften mit dem Ruf der Studenten:

»Frieden! Frieden!
Hoch Max Emanuel!«

Bei dem Toten waren nur der Arzt und Sepp. Nach den Aufgaben und Ereignissen der letzten Tage konnte das Gehirn des armen Menschen die neue Prüfung nicht mehr bestehen. Als der Arzt das Tuch von dem stillen Mann wegnahm, der jetzt wieder und mehr als je im Leben dem Lorenz Seebacher ähnlich sah, vergaß Sepp seinen Groll, vergaß die letzten Begebenheiten und ihren Zusammenhang überhaupt. Das Geläute, Schießen, das Abendrot, das wie Feuerschein von außen hereinbrach, verwirrten ihn vollends. Er glaubte sich wieder in Sendling. Mit einem irren Blick aufwärts hob er flehend die Hände:

»Weihnacht ist da; es läut't zur Metten,
Wir aber woll'n die Kinder retten.«

Erzählungen aus dem Biedermeier

Biedermeier - das klingt in heutigen Ohren nach langweiligem Spießertum, nach geschmacklosen rosa Teetässchen in Wohnzimmern, die aussehen wie Puppenstuben und in denen es irgendwie nach »Omma« riecht.

Zu Recht. Aber nicht nur.

Biedermeier ist auch die Zeit einer zarten Literatur der Flucht ins Idyll, des Rückzuges ins private Glück und der Tugenden. Die Menschen im Europa nach Napoleon hatten die Nase voll von großen neuen Ideen, das aufstrebende Bürgertum forderte und entwickelte eine eigene Kunst und Kultur für sich, die unabhängig von feudaler Großmannssucht bestehen sollte.

Georg Büchner Lenz **Karl Gutzkow** Wally, die Zweiflerin **Annette von Droste-Hülshoff** Die Judenbuche **Friedrich Hebbel** Matteo **Jeremias Gotthelf** Elsi, die seltsame Magd **Georg Weerth** Fragment eines Romans **Franz Grillparzer** Der arme Spielmann **Eduard Mörike** Mozart auf der Reise nach Prag **Berthold Auerbach** Der Viereckig oder die amerikanische Kiste

ISBN 978-3-8430-1884-5, 444 Seiten, 29,80 €

Erzählungen aus dem Biedermeier II

Annette von Droste-Hülshoff Ledwina **Franz Grillparzer** Das Kloster bei Sendomir **Friedrich Hebbel** Schnock **Eduard Mörike** Der Schatz **Georg Weerth** Leben und Taten des berühmten Ritters Schnapphahnski **Jeremias Gotthelf** Das Erdbeerimareili **Berthold Auerbach** Lucifer

ISBN 978-3-8430-1885-2, 440 Seiten, 29,80 €

Erzählungen aus dem Biedermeier III

Eduard Mörike Lucie Gelmeroth **Annette von Droste-Hülshoff** Westfälische Schilderungen **Annette von Droste-Hülshoff** Bei uns zulande auf dem Lande **Berthold Auerbach** Brosi und Moni **Jeremias Gotthelf** Die schwarze Spinne **Friedrich Hebbel** Anna **Friedrich Hebbel** Die Kuh **Jeremias Gotthelf** Barthli der Korber **Berthold Auerbach** Barfüßele

ISBN 978-3-8430-1886-9, 452 Seiten, 29,80 €